詩經
動物之靈

西安出版社　　　　高明乾　冻凤秋　高弘————编著

图书在版编目（CIP）数据

诗经动物之灵 / 高明乾，冻凤秋编著 . —西安：西安出版社，2023.8
　ISBN 978-7-5541-7017-5

　Ⅰ.①诗… Ⅱ.①高… ②冻… Ⅲ.①诗经—文学研究 ②动物志—研究—中国 Ⅳ.① I207.222 ② Q958.52

中国国家版本馆 CIP 数据核字 (2023) 第 147497 号

诗经动物之灵
SHIJING DONGWU ZHILING

高明乾　冻凤秋　高　弘　编著

出　版　人：屈炳耀
策划统筹：李宗保　贺勇华
责任编辑：路　索
印刷统筹：尹　苗
出版发行：西安出版社
社　　　址：西安市曲江新区雁南五路 1868 号
影视演艺大厦 11 层
电　　　话：（029）85264255
邮政编码：710061
印　　　刷：陕西龙山海天艺术印务有限公司
开　　　本：889mm×1194mm　1/32
印　　　张：8
字　　　数：180 千
版　　　次：2023 年 8 月第 1 版
印　　　次：2023 年 10 月第 1 次印刷
书　　　号：ISBN 978-7-5541-7017-5
定　　　价：58.00 元

△本书如有缺页、误装，请寄回另换

目录

飞禽篇

风暖鸟声碎
日高花影重

雎鸠:许一世忠贞不离 /002

燕:天命玄鸟,别离之伤 /011

黄鸟:脉脉真情,悲欣交集 /021

流离:从祥瑞到灾祸的身份转变 /033

鹌:好斗又快乐的一生 /042

走兽篇

兽中有人性
形异遭人隔

象：太平有象，长寿吉祥 /054

兕：心有灵犀一点通 /064

麟：神秘的古代灵兽 /076

鼠：与人类的爱恨情仇 /087

麋与鹿：纯真年代，礼寄深情 /099

牦牛：高原上的"神牛" /111

貂：珍贵的皮毛是它们的献祭 /120

猱：山林里的"小飞侠" /129

兔：灵活敏捷，自由自在 /141

昆虫篇

风枝惊暗鹊
露草泣寒虫

阜螽：本为微物，奈何群起成灾　/154

螽斯：多子多孙，家族兴旺　/162

鸣蜩：纵餐风饮露，傲骨亦难欺　/171

蜉蝣：生如夏花之绚烂　/182

游鱼篇

鱼戏莲叶南
鱼戏莲叶北

鳣与鲔：古生物的活化石　/192

鳏与鲂：性格凶猛与憨态可掬　/203

鲂与鲤：餐桌上的年年有余　/213

鳢与鳢：美酒佳肴，礼乐和同　/224

后记：寻找《诗经》中的动物　/233

附录：诗经·动物对照表　/239

序言

撼天动地五千年，

生灵激荡三百篇。

抱着《诗经》这本我国的第一本诗歌总集百读不厌，我们好像通过时间隧道进入2500年前的《诗经》时代，看到了古代先民的生活环境、社会风貌。其中有对先祖创业的颂歌，祭祀先祖的乐章；也有贵族之间的宴饮交往，劳苦大众的怨愤伸张；更有反映征战、劳动、打猎，以及恋爱、婚姻、社会习俗的动人篇章。

几千年以来，多少朝代的更替，多少山水的变迁，多少农村的瓦解、重建又流逝。但是古今的劳作、爱情、喜悦与愁苦，却穿越了漫长历史的阻隔，成为文学永恒的主题。你能看到《诗经》时代许多的人和事物，有官，有民，有健男，有美女，有劳作，有休闲，有爱情，有征战，有山川，有风雪，有植物，有动物，有说，有笑，有爱，有恨。古人的感情是那么丰富，那么真挚，我们看了便能产生共鸣。

美哉《诗经》，也体现在具有灵性的鸟兽虫鱼上。中华文化之亲切，在于一鸟一兽，一虫一鱼，绝非平白而生。诗中的鸟兽虫鱼都蕴含着温情的诗意。诗言志，歌咏情，诗歌是抒发情志的艺术，最忌讳的是抽象说教，空洞无物。为此，诗人往往选取一些情感类比物来抒情言志，使诗歌具有含蓄蕴藉、韵味悠长的特点。了解先民们特有的思维方式，那个时代特有的风俗民情，以及蕴含在其中的文化意味，就是文化的传承。古典诗歌主要是借助事与物，以自然的视觉体味现实生活，诗里的事与物往往依托于人的情感而存在，万物的灵性与精华，皆备于我，彼与我不可分割，融为一体。《诗经》如画，鸟兽如诗，这种基于体验的真实性，就是赋比兴的艺术再造。

富有灵性的动物活跃在《诗经》里："关关雎鸠，在河之洲。窈窕淑女，君子好逑。"雎鸠鸣叫，是那么天然，马上被诗人与青年男女的爱恋作类比。"求之不得，寤寐思服。悠哉悠哉，辗转反侧。"用今天的话说就是，思念他的情人，翻来覆去睡不着。你会品味到古人的感情生活和我们是相通的，即使时间跨越数千年，也没有淡化这种浓浓的恋情。

北宋诗人黄庭坚道出了诗的成因："夫诗生于情，不情而何以诗。"《诗经》里爱与恨的感情，往往由动物触发。如《邶风·凯风》："睍睆黄鸟，载好其音。有子七人，莫慰母心。"鸟音唤起他的思母之心。《邶风·新台》是卫国人讽刺卫宣公丑行的诗。卫宣公是个淫昏的国君。他曾与其后母夷姜乱伦，生子名伋。诗中把卫宣公比作癞蛤蟆，其讽刺手法巧妙而辛辣。《魏风·伐檀》可谓"伐木者之歌"。这是一首伐木者讽刺、嘲骂贵族剥削者不劳而食的诗。诗中用质问的语气揭露剥削者的寄生本质，愤怒地指出："不稼不穑，胡取禾三百廛兮？不狩不猎，胡瞻尔庭有县貆兮？彼君子兮，不素餐兮！"

诗里用动植物描述美女，如《卫风·硕人》写"手如柔荑，肤如凝脂，领如蝤蛴，齿如瓠犀，螓首蛾眉"，描写美女的手指如初生的茅草根茎一样纤细白嫩，皮肤像凝脂一样洁白柔滑，颈项如天牛的幼虫一样白嫩颀长，牙齿如瓠瓜的种子一样洁白整齐，前额宽广光滑如同小蝉的脑袋，眉毛修长好似蛾子的触须。接下来还有两句"巧笑倩兮，美目盼兮"最为传情。把美女生动的仪态、神韵飞扬的神气表达得绝妙。每一个比喻都很形象，合起来造就了一位绝色佳人，栩栩如生。《诗经》一开始便登峰造极，令后人望而却步。清代姚际恒赞此诗："千古颂美人者，无出其右，是为绝唱。"

《召南·野有死麋》是一首描写男女自由地幽会和相恋的爱情诗，描述了一个猎人以射猎的獐和鹿作为馈赠女方的礼物，在栎林中与一个"如玉"的女子约会。最后三句很生动地表现出那个少女和吉士一起走向密林深处的心情，女子劝吉士别莽撞，别动她的围裙，别惊动了她的狗，表现了既欣喜又紧张的羞涩心态。

古人云："诗由情生，以诗言情、以诗言志。"好的诗歌始终存在于世间，《诗经》中记述了许多动植物，无论记事、状物、抒情，都言之有物，借物抒情是《诗经》的一大特点。古人认识了这些动植物，并将其融入诗歌，实在太可贵了！古往今来，人类将生物融进文学和艺术，表现出生物的色彩美、造型美、动作美、生机美、音响美和大自然的和谐美。生物进入诗，它就是诗的一部分，它的象征意义、比兴的效果，使诗意大增，意境丰满。如果我们不认识诗中的这些生物，又怎样去理解诗意呢？于是，感悟到孔老夫子说的"多识于鸟兽草木之名"多么重要！

由于历史久远，名传桑陌，历经朝代更替，动物名称发生嬗变，造成了今人对《诗经》中的动物情况的不了解，如雎鸠是何种水鸟？《诗经》中多次出现的鸠，是同一种鸟吗？是何种鸠占据鹊巢？兕是何种动物？草虫和阜螽是一些什么动物？今天还有没有蟊斯这种昆虫？传说中的"麟"有原型动物吗？蜩螗和蝝又是何种动物？仓庚是什么鸟？桃虫是虫吗？

《诗经》首开我国咏鱼古诗先河。其中入诗的鱼有鲤、鲂、鳣、鲔、鳟、鲦、鳖、鲨、台（鲐）、鰋、鲿、鳢、鳏、嘉鱼等十余种，这些鱼有些名字生僻，却在今天以俗名出现在人们的生活中。有位诗人说："我们通过这些生僻的名字，徒劳地追忆某种遥远的生活和已逝的风景。"

关于《诗经》的教化作用，孔子早已界定其内涵："入其国，其教可知也。其为人也温柔敦厚，诗教也。" 中国是一个诗文化的国度，具有悠久的诗歌文化传统。"不读诗，无以言""腹有诗书气自华"。现在的青少年应该接触一些古典文学，认知一些古典文学中的动植物。本人是学生物学的，又热爱古典文学，有责任向青少年解读《诗经》中的动植物知识。有学者说："六经中唯诗易读，亦唯诗难说。"解读《诗经》的困难尤以诗中的动植物为甚。历史上对《诗经》中的动植物多有注释，但仅以名称注名称，况且在今天看来都已成为古名，很难确认是今天的什么动植物。

序言

　　本书以唯美的文艺风格展现诗经动物之灵,以散文笔调通俗地解读《诗经》,并介绍其中的鸟兽虫鱼,沟通古今名称。书中每篇都引出原诗,并在篇章页放置二维码,读者阅读本书时,可以顺手拿起手机扫一扫二维码,了解诗中较为生疏的词汇注释以及欣赏每种动物的样貌。以此,让读者读懂《诗经》,了解诗的背景以及和鸟兽虫鱼有关的科普知识、人文趣事。文中还特设有"动物小档案"小栏目,对每一种动物都精心考订,指出其所属的目、科、属,求解名称与物实,力求做到名称的古今沟通、物种准确。作者亲绘线条图,文中穿插彩图,图文对照,直观了解动物知识。

　　感谢河南师范大学和生命科学学院的领导给予的长期支持和帮助!感谢同仁许国峰和冀虹飞老师为该书的出版给予的真诚帮助!

　　感谢西安出版社对该选题的重视!特别是李宗保总编辑和路索编辑为了打造精品对原稿《诗经中的鸟兽虫鱼》重新进行了认真的策划和设计,特邀文坛新秀冻凤秋女士对原稿作了主笔修改,以优美的散文风格解读《诗经》名篇,还引入了很多相关的古代诗词,使读者可以延伸阅读,使青少年喜闻乐见,爱不释手。

高明乾

2023 年 4 月 13 日于朗天书屋

飞禽篇

风暖鸟声碎
日高花影重

宋·写生翎毛图卷（局部）

雎鸠

许一世忠贞不离

关关雎鸠,在河之洲。窈窕淑女,君子好逑。
参差荇菜,左右流之。窈窕淑女,寤寐求之。
求之不得,寤寐思服。悠哉悠哉,辗转反侧。
参差荇菜,左右采之。窈窕淑女,琴瑟友之。
参差荇菜,左右芼之。窈窕淑女,钟鼓乐之。

——《周南·关雎》

- 扫码获取
- 本诗注释
- 动物照片
- 动物声音
- 原文朗读

《周南·关雎》这首短小的诗篇，在中国文学史上占据着特殊的位置。它是《诗经》的第一篇，而《诗经》是中国最古老的文学典籍。你翻开中国文学的历史，首先遇到的就是《周南·关雎》。

读这首诗，我们眼前浮现的是一个温婉动人的爱情故事。

欢快唱和的雎鸠，成双成对相互依偎在大河中间的碧洲。这是风光旖旎的暮春初夏时节，如春树般挺拔俊秀的君子，在河边徘徊，迎接远方的友人。不经意间，却看到一位娇美明丽的淑女，那般清秀优雅，那样纯净贤淑。他听到了众人的交口称赞，那正是他心目中理想爱人的模样。

河水中，那点点鹅黄色的水生小花朵，映衬在青荇绿叶的背景下，随风摇曳，明媚生动。"林花著雨胭脂湿，水荇牵风翠带长。"淑女修长的身姿，飘逸的衣裙，采摘荇菜时灵秀的模样，她不经意间抬头的欢喜，她的稳重和矜持，都在君子的心中种下了思念的种子。

他日思夜想，情意悠悠；他辗转反侧，相思绵长。无论做什么事情，他都会想到她，他在想象中与她接触、亲近，和她谈话、唱和；当他翻开竹简，提起笔，写下的都是关于她的诗句。她是美好和诗意的化身，仿佛一道光，照亮了他孤寂的内心，让他对生活充满了希望和期待。

无数次，他想象着自己如何向她表白，却矜持又羞怯，犹豫又徘徊，顾虑重重。他担心她会拒绝，他害怕自己配不上她，他又忧虑她已经有了意中人，他同时思索着如何能给予她最好的呵护与关爱，他憧憬着两人携手的幸福生活。

终于有一天，他下定决心，到她的身边，弹琴鼓瑟，以最优美最深情的曲调，表达自己的心意。她似乎听到了，很喜欢的样子，也明白了他的心意。

春夏秋冬，四季轮回，真诚地表达，使君子和淑女的距离近了，心意逐渐相通。他勇敢地向她求婚了。

这是一个漫长的过程，君子终于赢得淑女归。那一天，钟鼓齐鸣，喜气洋洋，他娶回了梦寐以求的新娘子，从此"执子之手，与子偕老"。

这首诗通常被认为是一首描写男女恋爱的情歌。关关雎鸠，琴瑟和鸣，堪称千古绝唱。此诗首章以雎鸠相依相恋，兴起淑女配君子的联想。后面的章节，又以采荇菜这一行为兴起主人公对女子的绵绵相思与诚意追求。孔子曾说："《关雎》，乐而不淫，哀而不伤。"以此篇作为《风》之始，发乎情，止乎礼，富于中正平和之美，可谓表现夫妇之德的典范。

而它之所以被当作表现夫妇之德的典范，原因有三。其一，因为它所写的爱情，一开始就有明确的婚姻目的，最终又归结于婚姻的美满，不是青年男女之间短暂的邂逅、一时的激情。这种明确指向婚姻，表示负责任的爱情，更为社会所赞同。其二，它所写的男女双方，乃是"君子"和"淑女"，表明这是一种与美德相联系的结合。"君子"是兼有地位和德行双重意义的，而"窈窕淑女"，也是兼具体貌之美和德行之善。这里"君子"与"淑女"的结合，代表了一种婚姻理想。其三，诗歌所写恋爱行为的节制性。细读可以注意到，这首诗虽是写男方对女方的追求,但丝毫没有涉及双方的直接接触,爱得很守规矩。这样一种恋爱,符合古人的爱情观,既有真实的颇为深厚的感情,又表露得平和而有分寸。

孔子从中看到了一种具有广泛意义的中和之美,借以提倡他所尊奉的自我克制、重视道德修养的人生态度。《毛诗序》则把它推许为可以"风天下而正夫妇"的道德教材。这两者视角有些不同,但在根本上仍有一致之处。

关于这首诗表达的内容,还有另外一种解读,说它是一首贵族婚礼上的歌曲,是男方家庭赞美新娘、祝颂婚姻美好的诗歌。《诗经·国风》中的很多歌谣,都是既具有一般的抒情意味、娱乐功能,又兼有礼仪上的实用性。把《周南·关雎》当作婚礼上的歌来看,从"窈窕淑女,君子好逑",唱到"琴瑟友之""钟鼓乐之",那种场合,要求有一种与主人的身份地位相称的有节制的欢乐气氛,也很合理。

全诗在艺术上巧妙地采用了"兴"的表现手法,以双声叠韵与重章叠句,增强了诗歌的音韵美和生动性。

悠悠的一曲雎鸠和鸣,传唱千年,以比喻男女和谐的美满爱情。雎鸠对爱情的执着和忠贞不渝,成为理想伴侣的象征。汉代《易林·晋之同人》曰:"贞鸟雎鸠,执一无尤。"闻一多《诗经通义》说"关关雎鸠"时,认为"雌雄情意专一""尤笃于伉俪之情"。总之,雎鸠是贞鸟,成了爱情忠贞的化身。

雎鸠究竟是什么鸟?千余年来争论不休。有人说雎鸠是白腹秧鸡,

雎鸠

有人说雎鸠是大雁,有人说雎鸠是苇莺,这些说法,都难以使人信服。

《毛诗故训传》中说:"关关,和声也。雎鸠,王雎也,鸟挚而有别。"《尔雅》中说:"雎鸠,王雎。"郭璞注:"雕类,今江东呼之为鹗,好在江渚山边食鱼。"

李时珍在《本草纲目》卷四十九"鹗"中说:"鹗状可愕,故谓之鹗。其视雎健,故谓之雎。能入穴取食,故谓之下窟乌。翱翔水上,扇鱼令出,故曰沸波。"又说:"鹗,雕类也。似鹰而土黄色,深目好峙。雄雌相得,挚而有别,交则双翔,别则异处。能翱翔水上捕鱼食,江表人呼为食鱼鹰。亦啖蛇。"《禽经》云:"王雎,鱼鹰也。尾上白者名白鹭。"

李时珍可是个大学问家,文、理、医兼修,书考八百余家,通古博今。

他说的"鹗"后世可信，与今名一致，可以说"鹗"就是古代的雎鸠了。

鹗是鹰形目鹗科鹗属的鸟类，又称鱼鹰、雕鸡、沸波、下窟乌等。鹗又称鱼鹰，但不是渔翁驯养的鱼鹰（鸬鹚）。有人说，雎鸠恐怕早已灭绝了吧！不是的，但还是有灭绝的危险。鹗在中国原来分布较广，近几十年，有些地方（如云南）已经非常罕见，其他地方的种群数量也在减少。现已被列入中国《国家重点保护野生动物名录》二级保护动物。

鹗是中型猛禽，体长51~65厘米。前额、头顶、枕部和头侧皆白色，微缀皮黄色，头顶有黑色纵纹，枕部羽毛呈披针形，形成短羽冠，头两侧各有一条宽黑带从前额基部经眼部到后颈。上体黑褐色，微微泛着紫色光泽。下体白色，胸部有棕褐色条纹，翼下覆羽白色，有暗色斑。

鹗常栖息活动于湖泊、河流、水库、海岸等水域，单独或成双活动，多在水面上低空缓慢飞行。

鹗的外趾可向后反转，形成对趾，趾上布满刺状鳞，适合捕捉光滑的鱼类，也捕食蛙、蜥蜴、小型鸟类等。鹗的繁殖期因种群分布不同而有区别。中国南方分布的鹗在二月至五月繁殖，东北的多在五月至八月繁殖。

鹗和鸬鹚有什么区别呢？

鹗和鸬鹚虽然都俗称鱼鹰，但是它们属于不同的鸟类。首先，鹗和鸬鹚虽然同属鸟纲，但隶属不同的"目"。鹗属鹰形目，与老鹰同目，是猛禽；鸬鹚属鹈形目，是游禽。鸬鹚是大型的食鱼游禽，善于潜水，常被渔翁驯养，用于捕鱼；鹗不能游水，常在空中飞翔。

其次，鹗和鸬鹚捕鱼方法不一样。鹗在水面上飞翔是先在水面上盘旋，发现有鱼时，立刻伸脚向下冲去，先用钩状长爪抓鱼，同时趾下的尖爪把鱼抓牢，带回栖息地食用；鸬鹚是潜入水中用嘴叼鱼。捕鱼的人发现了鸬鹚这一习性，就在鸬鹚颈部套有铁环，它只能吃掉小鱼，而把吃不下去的大鱼叼给渔翁。

最后，鹗和鸬鹚身体结构也有所不同。鸬鹚足部是4趾相连的全蹼足，善于游水；鹗的爪部和一般鸟类一样，4趾是分开的，爪子弯曲而锋利，趾底多刺突，外趾能反转，善于抓鱼。

鸬鹚

美好的雎鸠飞翔在后世的诗词里,汉朝张衡的《思玄赋》中表达其返璞归真、寻求桃花源的理想,有"鸣鹤交颈,雎鸠相和。处子怀春,精魂回移"之语。

宋代朱明之有《因忆灪楼读书之乐呈介甫》一诗:"忆昨灪楼幸久留,乾坤谈罢论雎鸠。它时已恨相从少,此日能忘共学不。南去溪山随梦断,北来身世若云浮。行藏愿与君同道,只恐蹉跎我独羞。"以雎鸠代指诗书。

明代张时彻的《秋胡行》有"挚而有别,实惟雎鸠"之语。

明代汤显祖写的戏曲《牡丹亭》中的杜丽娘,在被锁深闺为怀春之情而痛苦时,就从《周南·关雎》中为自己的人生梦想找出了理由。在《闺塾》一折中,老师陈最良这样解释《周南·关雎》:"此鸟性喜幽静……兴者,起也,起那下头窈窕淑女,是幽闲女子,有那等君子好好地来求他。"这引发了杜丽娘青春意识的萌动,她情思开启,意识到爱情的存在。从"袅晴丝吹来闲庭院,摇漾春如线"到"良辰美景奈何天,赏心乐事谁家院",发出"不到园林,怎知春色如许"的感慨,到后来为情死,又为情死而复生。可以说,杜丽娘对《周南·关雎》的感悟,一方面是人性的高扬,另一方面是文学性的复归。

"情不知所起,一往而深。"这一往情深,早在中国文学的开端就埋下了美好的意象,"悠哉悠哉,辗转反侧"了千年,仍能看见"袅晴丝吹来闲庭院,摇漾春如线",结果也能如《西厢记》中所唱"愿普天下有情的都成了眷属"。

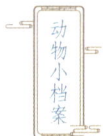

鹗

Pandion haliaetus

目、科、属：鹰形目鹗科鹗属

俗名：鱼鹰、雕鸡

形态描述：体形中等，翅长45~55厘米。至头顶白色而具黑色纵纹，上体余部黑褐色，眼后纹黑褐色；下体羽白色，胸部具棕褐色条纹，形成胸带；尾羽棕褐色具淡棕白色横斑趾底多刺突，外趾能反转，无副羽，前额

现状：罕见鸟类，属国家二级重点保护鸟类

飞禽篇
风暖鸟声碎
日高花影重

燕

天命玄鸟，别离之伤

燕燕于飞，差池其羽。之子于归，远送于野。
瞻望弗及，泣涕如雨。
燕燕于飞，颉之颃之。之子于归，远于将之。
瞻望弗及，伫立以泣。
燕燕于飞，下上其音。之子于归，远送于南。
瞻望弗及，实劳我心。
仲氏任只，其心塞渊。终温且惠，淑慎其身。
先君之思，以勖寡人。

——《邶风·燕燕》

扫码获取
· 本诗注释
· 动物照片
· 动物声音
· 原文朗读

《邶风·燕燕》是中国诗歌史上最早的送别之作，其送别对象及送别原因，历来众说纷纭。据西汉刘向《列女传·卫姑定姜》记载，这首诗是定姜写给回国的儿媳的。许多人说，自古以来婆媳关系难处，却在古代有如此婆媳情深的故事。

这个故事讲的是，春秋时期卫国国君卫定公的夫人定姜有一个儿子，本可以继承王位，奈何英年早逝，而他刚刚娶的王后还来不及有个一男半女就成了寡妇。丧夫之痛和在皇宫中无所依的艰难处境，使王后几欲寻死。三年的守丧期，定姜常常关照王后。婆婆定姜很理解儿媳的苦楚，在儿媳守丧三年期满，完成一个贵妇应尽的礼法后，定姜找到儿媳，让她回国，重新开始新的生活。

告别的时候到了，定姜亲自送儿媳回国。定姜看见前面的去路，不免黯然神伤，忍不住流下泪来，三年前，正是这条路，鼓乐齐鸣，旌旗招展，迎亲的队伍浩浩荡荡，迎来那个风华正茂的少女。三年后，还是这条路，自己又把她送走。失去了独子，又失去了儿媳，儿子去的是不归路，儿媳去的也是不归路，好在儿媳从此可以有一个重新开始生活的机会，不必孤灯清影憔悴一生。

望着儿媳远去的背影，定姜感慨万千，诗句不由从心中流出："燕燕于飞，差池其羽。之子于归，远送于野。瞻望弗及，泣涕如雨。"

全诗四章，前三章渲染惜别情境，末章转为对所送之人品德的言说。诗歌采用重章复唱的手法，既易辞申意，又循序渐进，且乐景与哀情反衬，从而把送别情境和惜别气氛渲染得深婉沉痛。

飞禽篇

风暖鸟声碎
日高花影重

燕

《邶风·燕燕》中"燕燕于飞,差池其羽"里的"燕燕"指的是燕子。

燕是雀形目燕科鸟类的统称。燕子身形小巧,翅尖窄,凹尾像剪刀,短喙,双足弱小,羽毛不算太多。羽衣单色,或带蓝色的金属光泽,或透着微微的绿色;大多数种类两性都很相似。

燕子种类很多,其中以家燕和金腰燕比较常见。家燕前腰羽毛呈栗红色,后胸有不整齐的横带,腹部羽毛是纯白或淡棕白色的。金腰燕体形似家燕,但比家燕稍大一些。此种燕腰部羽毛呈栗黄色,像戴了一条金腰带,在阳光下非常明显夺目,下体有细小黑纹,比较容易与家燕相区别。习性亦与家燕相似,大都栖息于山地村落间。燕子中还分家燕子与雨燕子,二者名字相近,生活环境相似,可实际上家燕子与雨燕子的血缘关系却很远:家燕子属于雀形目,雨燕子是雨燕目。

若仔细观察家燕子和雨燕子的外形,会发现家燕子的翅展更小,飞行速度也更慢,而雨燕子的翅膀展开几乎有两倍身长,飞得更快。家燕子外部尾羽长,飞行时呈剪刀状,雨燕子尾羽相对较短,并在高速飞行时将尾羽收拢成束状。

家燕是燕科的小型留鸟或夏候鸟,又称鳦、游波、天女等。家燕体小轻巧,身长13~18厘米,喙扁而短,口裂很深。雌雄鸟羽色相似,前额羽毛呈暗栗红色,上体羽毛呈蓝黑色,有金属光泽。颏、喉和上胸为暗栗红色,下胸和腹部羽毛呈纯白或淡棕白色。翅狭长,两翼和尾羽是黑褐色,微微泛着蓝色光泽,燕尾分叉状。幼鸟与成鸟相似,羽毛是暗黑色,尾羽较短。

《商颂·玄鸟》开篇云："天命玄鸟，降而生商，宅殷土芒芒。古帝命武汤，正域彼四方。"诗中的玄鸟指黑色燕子，传说有娀氏之女简狄吞燕卵而怀孕生契，契建商；武汤即成汤，汤号曰武。该诗的意思是："天命玄鸟不一般，简狄生商降人间，殷地国土广又宽。天帝命成汤，征伐天下安四方。"

《商颂·玄鸟》中的玄鸟和燕燕，是异名同物，指的就是家燕。《说文解字》云："燕，玄鸟也。籋口，布翅，枝尾。"先秦屈原《楚辞·天问》有辞句："简狄在台，喾何宜？玄鸟致贻，女何喜？"

天命玄鸟，开创商朝。这是中国古代动物崇拜的一种表现。《列女传》记载，在尧时代，有娀部落有一个女子叫简狄，勤劳勇敢，充满好奇心，而且知识广博，喜欢钻研，能够上知天文下知地理。有一天，她和姐妹结伴在湖边戏水，姑娘们让长发尽情飘散，健康的肌肤在阳光下的湖水里熠熠闪亮，互相玩耍时溅起的水花珍珠般散落，融入层层波动的湖水，湖水尽头的山峦中，久久回荡着她们清脆的笑声。丛林里，动物们睁大双眼心醉神迷地看着眼前的一切，心想，下世当为人类。

最想使自己变为人类的是燕子（玄鸟）。那只最痴迷人间的燕子冲动地衔着一颗被它粉饰一新的五彩鸟蛋飞过姑娘们的头顶，抛下鸟蛋，引起姑娘们一阵惊喜的欢叫，纷纷争抢。只见水花飞溅，玉臂飞舞，笑声飞扬，转瞬那枚五彩燕子蛋落入简狄的手中，姑娘们再要抢时，怕损坏了五彩蛋的简狄不由分说就把蛋吞到嘴里，情急中那枚蛋竟然滑落到她的腹中，不承想这一下种下了商的根源，所谓"天命玄鸟，降而生商"。简狄在这次奇特的经历之后，竟腹中有孕，10个月之后生下一个儿子，起名叫契，可能是简狄和那只痴心为人的玄鸟暗自订立的契约吧，商族的第一位男性祖先就这样神奇地降生了。

此外，在《吕氏春秋》《淮南子》《竹书纪年》等书中，也都有天降玄鸟、玄鸟遗卵、吞卵而孕的记载。这个故事被当作商民族起源而流传至今，神话学家袁珂称之为玄鸟神话。玄鸟神话在汉代之前是普遍流行的，它凝聚了整个母权制社会的朦胧记忆。司马迁将玄鸟神话写入民族史中，神话被历史化，在客观上加速了其消亡。但燕子形象不断地出现在文学中，说明玄鸟神话已然沉淀在人的记忆深处，燕子具有了文化符号的意义。

燕子是一种候鸟，二三月从南方返回北方筑巢繁殖。好食少食，类似人类的少食多餐。行动快，善于低飞。春来秋返，周而复始，年复一年。去往南方的归途，带着希望的暖意和来年春天的新生。广阔而漫长的天空之旅，燕子是归客，也是旅人。人类的屋檐是燕子歇脚的客栈，檐下筑巢，对燕子而言，是繁衍后代所需；对人类则意味着带来吉祥喜乐。它在人类的屋檐下忙碌筑巢，为寻常百姓家带来勃勃生机。屋有燕子窝的人家总是细心爱护着燕子，看燕子冬去春来，犹如盼萧瑟后的麦苗返青。人在燕子的鸣声中也和睦相处，慢慢老去。

夏日里的池塘更是燕子的庭院，时常见燕子低飞掠过水面，捉住昆虫匆匆返回燕巢，喂食嗷嗷待哺的小燕子。有了燕子欢快舞蹈一般地飞翔，生活似乎多了些灵动和生机，于钢筋水泥的丛林里觅得些许的情趣和安稳，知道世界除了我们，除了钢筋水泥外，还有自然，还有呢喃的燕子，于是生命有了多重意趣。

燕子在中国古代素有美名。自古以来描述燕子的诗文不计其数，有莺歌燕舞的美好，有伤春悲秋的感叹，甚或寄托相思的缠绵，不一而足。

美好如："还相雕梁藻井，又软语、商量不定。飘然快拂花梢，翠尾分开红影。"（南宋史达祖《双双燕·咏燕》）"莺莺燕燕春春，花花柳柳真真，事事风风韵韵。"（元代乔吉《天净沙·即事笔尖扫》）"鸟啼芳树丫，燕衔黄柳花。"（元代张可久《凭栏人·暮春即事》）

伤感如："笙歌散尽游人去，始觉春空。垂下帘栊。双燕归来细雨中。"（北宋欧阳修《采桑子·群芳过后西湖好》）

相思如："暗牖悬蛛网，空梁落燕泥。"（隋朝薛道衡《昔昔盐》）"落花人独立，微雨燕双飞。"（北宋晏几道《临江仙·梦后楼台高锁》）"罗幕轻寒，燕子双飞去。"（北宋晏殊《蝶恋花·槛菊愁烟兰泣露》）

更让人记忆深刻的是："朱雀桥边野草花，乌衣巷口夕阳斜。旧时王谢堂前燕，飞入寻常百姓家。"（唐代刘禹锡《乌衣巷》）"无可奈何花落去，似曾相识燕归来。小园香径独徘徊。"（北宋晏殊《浣溪沙·一曲新词酒一杯》）

神话的美好在于幻想，文学的魅力在于唯美。燕子，在中国古代，是图腾图案，是神话中的神鸟，也是中国古代诗歌中频频出现的文学形象，更具有丰富的悲剧美学意味。

《乐府诗集》收录南朝梁武帝萧衍的七言古诗《东飞伯劳歌》："东

伯劳

飞伯劳西飞燕,黄姑织女时相见。"这首诗孕育了一个和燕子相关的最著名的成语"劳燕分飞"。

《毛诗故训传》记载:"䴗,伯劳也。"诗中的䴗泛指今天的伯劳,伯劳属的鸟多种,今以常见的棕背伯劳释之。

棕背伯劳是伯劳科伯劳属的鸟类,又称伯鹩、博劳、伯赵、䴗、海南䴗等。棕背伯劳体型较大,体长23~28厘米。伯劳前额是黑色的,眼周有一条宽阔的黑色贯眼纹,头顶至上背羽毛为灰色或黑色,下背、肩、腰羽毛为棕色。翅上覆羽为黑色,有一条黑色的长长的尾巴,尾巴外侧的羽毛是黄褐色。颏、喉和腹中部是白色,其余下体为淡棕色或棕白色,两胁和尾下覆羽为棕红色或浅棕色。

关于"伯劳"这个名字的起源有一个故事。传说周宣王时,贤臣尹吉甫听信继室的谗言,误杀前妻留下的爱子伯奇,而伯奇的弟弟伯封哀悼兄长的不幸,就作了一首悲伤的诗,尹吉甫听了以后十分后悔,哀痛不已。有一天,尹吉甫在郊外看见一只以前从未见过的鸟,停在桑树上对他啾啾而鸣,声音甚是悲凉哀凄,尹吉甫忽然心动,认为这只鸟是他的儿子伯奇魂魄所化,于是就说:"伯奇劳乎?如果你是我儿子伯奇就飞来停在我的马车上。"话刚讲完,这只鸟就飞过来停在马车上,于是尹吉甫就载着这只鸟回家。到家以后鸟又停在井上对屋哀鸣,尹吉甫假装要射鸟,拿起弓箭就将继室射杀了,以安慰伯奇。虽然故事近乎神话,但伯劳鸟名却由"伯奇劳乎"一语而得。

从生存习性上讲,燕子春往北,秋冬往南,伯劳的迁徙方向正好与燕子相反。因此,东飞的伯劳和西飞的燕子,合在一起构成了感伤的分离,成为不再聚首的象征,比喻离别。"劳燕分飞"是常态,天空没有留下伯劳、燕子的影子,但伯劳和燕子彼此都知道曾经有一瞬间的擦肩而过。相遇总是太晚,离别总是太急。

唐代李公佐有小说《燕女坟记》,将女主人公改写为从良的娼女姚玉京,并续写了结尾——孤燕与玉京相伴六七载,玉京死,孤燕亦悲鸣死于玉京坟前。这一结尾强化了孤燕与寡妇玉京的惺惺相惜之情,将燕子之德由信义发展到节义。以燕作别,将燕与寡妇相结合,自《诗经》这首《邶风·燕燕》开始,辗转历代文人之笔。

燕

Hirundo rustica

目、科、属：雀形目燕科燕属

俗名：鳦、游波、天女

形态描述：身长13~18厘米，喙扁而短，口裂很深。雌雄鸟羽色相似，前额暗栗红色，上体蓝黑色，有金属光泽。颏、喉和上胸栗红色，下胸和腹部白色。翅狭长，两翼和尾羽黑褐色，微有蓝色光泽，燕尾分叉状。幼鸟与成鸟相似，羽色暗黑，尾羽较短

现状：有些地区将家燕列入地区保护动物的名单

飞禽篇
风暖鸟声碎
日高花影重

黄鸟

脉脉真情，悲欣交集

凯风自南，吹彼棘心。棘心夭夭，母氏劬劳。
凯风自南，吹彼棘薪。母氏圣善，我无令人。
爰有寒泉？在浚之下。有子七人，母氏劳苦。
睍睆黄鸟，载好其音。有子七人，莫慰母心。

——《邶风·凯风》

扫码获取
- 本诗注释
- 动物照片
- 动物声音
- 原文朗读

《邶风·凯风》是我国古代最早歌颂母爱的诗篇之一，堪称最经典的篇章。现代学者一般认为这是儿子歌颂母亲并深感自责的诗。全诗四章，每章四句。各章前两句，凯风、棘树、寒泉、黄鸟等形象构成有声有色的夏日风景图；后两句则反复歌唱孝子对母亲的深情。因设喻精妙，《邶风·凯风》具有感人至深的艺术魅力，对后世影响深远，凯风、寒泉等成为母爱的代名词。

诗开篇由凯风起兴，凯风就是南风，古代常用东风代表春，南风代表夏，西风代表秋，北风代表冬。南风在古代又代指一种煦育万物、播福万民之德。先秦古诗这样吟咏："南风之薰兮，可以解吾民之愠兮；南风之时兮，可以阜吾民之财兮。"北魏经学家王肃评价："《南风》，育养民之诗也。"南风，孕育万物之风，成为人类母亲的象征。

读这首诗，仿佛看到母亲的笑脸如和煦的南风，酸枣树稚嫩的芽心恰似怀中幼小的婴孩，她怀着耐心和爱意，一点一点地抚育宝贝成长，每时每刻见证生命的奇迹。

成长本身就带来惊讶和欢喜，第一次睁开眼睛，第一声啼哭，第一次呼唤妈妈，学会抬头，开始长牙，笨拙爬行，稚嫩学步……母亲的眼睛一次次被点亮，心花一回回绚烂绽放，她不停地赞美，不断地鼓励，每时每刻的呼吸与情绪都和孩子同步。她把这份甜蜜和幸福珍藏在心底，那里面有牵绊孩子一生的密码，是要在很多年后的某个月夜，万籁俱寂时，才能拿出来讲的悄悄话。

她是这样的慈爱、善良、通情达理，尽管要干很多的家务活儿，还要为生计操心，但她很少抱怨，总是微笑着面对种种困境。她的言传身教，映在孩子纯洁的心灵上。一棵棵小树苗正沐浴阳光雨露，茁壮成长，等待有一天，青葱葳蕤，枝繁叶茂。

而那汪汩汩流淌，曾日夜滋养生命的清冽泉水，流速逐渐缓慢。正如母亲的腰背，不知何时已经被岁月压弯了；正如母亲乌黑的秀发，不知何时已经染上了秋霜；正如母亲红润的脸庞，不知何时已经爬上了皱纹。

如何报答母亲的养育之恩呢？或者成为栋梁之材，或者带来荣华富贵，或者守候在母亲身边。像黄鸟一样，用清脆婉转的歌声，给母亲带来安慰。毕竟，陪伴才是最长情的告白。

而现实是，诗作者像很多平凡的人一样，那些远大的理想在生活面前日渐消磨，还要为生计忙碌奔波，没有出色的成绩可以给母亲汇报，没有像样的礼物报答母亲，没有更多的办法让母亲开心，想想真是愧疚。

其实，能这样念念不忘母亲的恩德，这样发自内心地自责，已属可贵。终究，母子一场，即便情深似海，也不过是看着彼此的背影，默默地记挂在心头。又或者，孩子们平平安安地生活，成家立业，便是给母亲最好的安慰。除此之外，一颗母亲的心，没有更多的要求。

读《邶风·凯风》，我们记住了母子间的脉脉真情，记住了黄鸟在风中的叫声。"睍睆黄鸟，载好其音"，这只歌声动人的黄鸟，就是黄鹂。朱熹《诗集传》中说："黄鸟，鹂也。"又："仓庚，黄鹂也。"即是《豳风·七月》"春日载阳，有鸣仓庚"中的"仓庚"。

黄鹂是雀形目黄鹂科的中型鸟类，又称商庚、鸒黄、莺、抟黍、楚雀、黄莺、黄鹂鹠、黄袍等。在黄鹂属的鸟类中，最具代表性的是黑枕黄鹂。它体长22~29厘米。雄鸟通体金黄色而有光泽，两翅和尾羽为黑色。

黄鹂

头枕部有一条从眼周"画"到枕部的黑色带斑,像女子浓妆时的眼影,十分明显,所以人类给它取名"黑枕"。它的翼和尾羽的中央也是黑色的。雌鸟通身羽毛黄中带绿,不及雄鸟鲜亮。

黄鹂活动于低山丘陵、林地农田。常单独或成对活动,栖于乔木。鸣声清脆婉转,鸣声喜人,可饲养为观赏鸟。以蝗虫、蚱蜢等昆虫为主食,是一种农林益鸟。在我国分布较广,几乎遍及全国。种群数量较为丰富,可改善自然景观,给人以美的享受。

黑枕黄鹂喜鸣叫,雄鸟鸣声清脆而多变化,婉转而起伏,非常动听,富有音韵。雌鸟鸣声单调。繁殖期的黑枕黄鹂会化身"歌唱家",雄鸟常常一边唱着婉转的调子,一边在树丛中追逐雌鸟。雌鸟则变成了"高冷女神",在众多追求者中选定那个唱歌最动听的"王子",组建家庭。

一只黄鸟拍着翅膀,飞越历史长河。它的声音那么动情,似乎有种神奇的魔力,杜甫听了,写出"两个黄鹂鸣翠柳,一行白鹭上青天""春天衣著为君舞,蛱蝶飞来黄鹂语"的美妙画面;白居易听了,描绘"几处早莺争暖树,谁家新燕啄春泥"的清新画面;杜牧悄然发出"千里莺啼绿映红,水村山郭酒旗风"的浩叹;王维不觉走入"漠漠水田飞白鹭,阴阴夏木啭黄鹂"的幽境;韦应物编织"独怜幽草涧边生,上有黄鹂深树鸣"的感慨;欧阳修写下柔软的诗句"黄鹂颜色已可爱,舌端哑咤如娇婴";王安石萌生"黑貂裘敝归几时,相见绿树啼黄鹂"的思念……

你再听,还有那汉乐府《长歌行》令人叹息的游思:"远望使心思,游子恋所生。驱车出北门,遥观洛阳城。凯风吹长棘,夭夭枝叶倾。黄鸟飞相追,咬咬弄音声。伫立望西河,泣下沾罗缨。"它或许还曾从唐代诗人孟郊"谁言寸草心,报得三春晖"的诗句里飞过;从宋代大文豪苏轼"回首悲凉便陈迹,凯风吹尽棘成薪"的哀思里掠过;在元代画家、篆刻家、诗人王冕的《墨萱图·其一》"灿灿萱草花,罗生北堂下。南风吹其心,摇摇为谁吐?慈母倚门情,游子行路苦。甘旨日以疏,音问日以阻。举头望云林,愧听慧鸟语"的诗中徘徊过。

还有一种黄鸟,指的是黄雀。它在《诗经》中鸣叫,或悲伤或喜悦,唱出三千年前人们的心声。

《周南·葛覃》有诗句:"葛之覃兮,施于中谷,维叶萋萋。黄鸟于飞,集于灌木,其鸣喈喈。"意思是葛草长遍山谷,藤叶茂密又繁盛。黄雀飞翔栖灌木，鸣叫婉转真好听。郝懿行《尔雅义疏》中说："《葛覃》《疏》引舍人曰皇，名黄鸟。按此即今之黄雀，其形如雀而黄，故名黄鸟，又名抟黍，非黄离留也。"《周南·葛覃》篇中的"黄鸟"，按郝氏《尔雅义疏》以黄雀释之为宜。黄雀有集群、迁徙的习性，"黄鸟于飞，集于灌木"之句，正是其集群习性的写照。

读这首诗，我们仿佛看到周朝一位已婚贵族女子，回娘家探望父母，满心欢喜的模样。她看到，生命力极强的葛藤在蓬勃蓊郁的山谷中攀缘，清碧幽静的浅谷中，一阵"喈喈"的鸟鸣响起，原来是一群美丽的黄雀飞来，它们展动翅膀在林间打转，而后又群落在灌木上，叽叽喳喳和鸣欢唱。一幅和谐自然的画卷展现在人们面前。

女子如葛藤般的纤纤细腰弯下去，割下长长的葛藤，又见她将割下的葛蔓拖回去烧煮，煮好后剥下葛丝，织织复织织，织成了葛布，缝制成了衣裙，欢欢喜喜穿在身上，转了几圈，美美地享受手工劳作的成果。

然后，她告诉女师，自己要回娘家看父母，一定要把内衣洗干净，再把外衣也泡上，哪些要洗，哪些不要洗。她似乎难以抑制激动的心情，可爱又坦率地吐露内心的想法。

诗中，黄鸟在林中自由地飞翔和鸣叫，仿佛女子自由自在的孩童和少女时代，无忧无虑，天真烂漫。如今，女子已经嫁人，要修习女工。温婉贤淑，持家有方，躬行节俭，勤于织作，孝敬长辈，这些美德让女子充满光芒。不过回家和父母欢聚的愿望始终藏于心底，斗转星移，四季轮回，终于可以归宁，难怪女子会激动雀跃，喜形于色。

千载之后，我们仿佛仍能听到黄雀的欢唱，感受女子的喜悦心情，那种现世安稳,岁月静好,是人们永恒不变的愿望。

黄雀是雀形目雀科的小型鸟类,体长11~12厘米。雄鸟的额头、顶部是黑色,上体的羽毛呈现较浓的黄绿色,腰的羽毛呈现黄色,两翅和尾羽是黑褐色的,尾基两侧和翅斑为鲜黄色,胸上的绒毛为黄色,腹上的绒毛为羽白色,均带有褐色条纹。

黄雀有群集性,常可结成数百只的群体。它们生活在林地、河谷或树丛,有时也出现于村落和农田,以植物性食物为主,也吃昆虫等小动物。它们常相聚在一起嬉戏,和睦相处。它们的性格比较活泼温顺,巢区占领性不强。黄雀飞翔能力强,飞行速度快,可长途飞行。

黄雀鸣叫时姿态优美,叫声清脆。黄雀最典型的叫声是一种似铃声的"toolee"声,还有一种单音节的"tet"或"tet-tet"声;飞翔时发出一种"tirrillilit"或"twillit""tittereee"的颤音;若黄雀连续鸣叫,就会像唱歌一样,歌声更多的像金属声、颤音混杂组成的旋律,还缀以喘息音调。雄鸟在其领地内,总是站在高的有利点或缓慢鼓翼,或飞翔时进行鸣唱;在冬末到回迁之前,它经常以短促的爆破音进行鸣唱。

黄雀是国内有名的笼鸟之一。它的羽色鲜丽,姿态优美,并有委婉动听的歌声,又易于驯养,因而为人们所喜爱。因为长得美丽,歌喉美妙,就不得不接受圈养的命运,笼外的人类叹其歌声曼妙,无人听得懂它高歌的是自由可贵。幸,也不幸?

与《周南·葛覃》的情绪表达形成强烈反差的是另外两首诗:《秦风·黄鸟》和《小雅·黄鸟》。

《秦风·黄鸟》以"交交黄鸟,止于棘""交交黄鸟,止于桑""交交黄鸟，止于楚"起兴，发出"彼苍者天，歼我良人"的悲痛呐喊。

这首诗写的是公元前621年，秦穆公薨，殉葬者多达177人。其中奄息、仲行、鍼虎也允诺随之殉葬，他们是秦国的贤者，人们为了哀悼他们，于是创作了这首挽歌，诗中表达了对活人殉葬制度满腔愤怒的控诉，以及秦人对于"三良"的惋惜。

秦穆公在位39年，作为春秋五霸之一，首创"客卿"制度，也就是请其他诸侯国的人来秦国做官，其位为卿，而以客礼待之，任用贤才，益地千里，使秦成为真正意义上的大国。

孔子称赞他："其国虽小其志大，处虽僻而其政中，其举也果，其谋也和，法无私而令不愉，首拔五羖，爵之大夫，与语三日而授之以政。以此取之，虽王可，其霸少矣。"这里说的是秦穆公因为爱才，用五张羊皮换回百里奚的故事。孔子认为，凭秦穆公的才能，即使成就王者之业也是可以的，称霸一隅只不过是小成就。

但就是这么英明的君主，因为创下当时历史之最的177人的殉葬规模，被称为暴君，被民众讽刺、唾弃。

据说，秦穆公生前，君臣在一起喝酒，酒酣耳热之际，秦穆公就说了："生共此乐，死共此哀。"奄息等许诺。等到秦穆公薨，奄息等人追随秦穆公死去。

对此，后世也有不同的见解。比如，宋朝大文豪苏东坡就认为"三良"殉葬是"士为知己者死"的意思。今人不理解"古人感一饭，尚能杀其身"的尚义精神，反而以如今的世俗之见责难古人，相比之下，愈见古人之可敬，今人之可伤。

这样的解读也有一定道理。不过即便是因为重情义，重承诺，也不可否认大量的秦国人才殉葬，是导致秦穆公死后，秦国国力衰弱的原因之一。从历史发展的角度看，终究是糊涂。

从中我们也可以看到这样一个教训：一个英明的君主要有更大的格局和胸襟，眼光要放长远，不可着眼于个人私利，不能只计较眼前的得失，而要从大局出发，放眼未来，这样，才不会折损一世霸业，留下千古骂名。

"三良"殉葬后，秦国的百姓们都非常悲伤，很快就在民间传唱这首叫《黄鸟》的诗歌，用来表达对三位贤者的无尽哀思。这正说明当美好的有价值的事物被毁灭的时候，人们会发自内心地哀痛和悲伤，甚至愿意代替三位贤者赴死。

黄鸟的叫声本是如清涧溪流般婉转动听的，这时听起来却觉得哀婉、凄惨；黄鸟的颜色本是如阳光般明亮、灿烂的，但这时看起来连明媚的春天也显得暗淡、冷寂。

秦汉以后，殉葬制度逐渐式微，往往代之以木俑、陶俑等。当然，其间有很多曲折反复。

而《小雅·黄鸟》中，有"黄鸟黄鸟，无集于穀，无啄我粟"之句，用古典文学专家余冠英的话说，表达"背井离乡的人在异乡遭受剥削压迫和欺凌，更增添了对邦族的怀念"，他们无奈之下只能"言旋言归，复我邦族"。在和亲人的相互依傍中，可以寻求些温暖，给充满伤痛的心以慰藉。

阅读这些诗，仿佛可以听到远古的人们动人心魄、直冲云霄的或愤怒或悲痛的呼声。不要小看人民群众的呼声，正是这些正义的声音，这些敢于怀疑、敢于说不、敢于呐喊的声音，推动着社会的发展，推动着人类文明的进程。

你看，后世多少诗人以黄雀来抒写感悟和思索。三国时，曹植在《野田黄雀行》中说："高树多悲风，海水扬其波。利剑不在掌，结友何须多？不见篱间雀，见鹞自投罗。罗家得雀喜，少年见雀悲。拔剑捎罗网，黄雀得飞飞。飞飞摩苍天，来下谢少年。"可见少年仁心，及至鸟兽。

唐代王维有篇杂言走笔的文章《黄雀痴》曰"黄雀痴……到大啁啾解游飏，各自东西南北飞"，仍是可怜天下父母心；唐代孟郊在《黄雀吟》诗中写"黄雀舞承尘，倚恃主人仁……何不远飞去，蓬蒿正繁新"，唐代李频在《黄雀行》中有"谁令不解高飞去，破宅荒庭有网罗"的感叹。黄雀的命运如同人的命运，如何选择，最好的莫过于自己做主。唐代贯休的《相和歌辞·野田黄雀行》有"高树风多，吹尔巢落。深蒿叶暖，宜尔依薄。莫近鸮类，珠网亦恶。饮野田之清水，食野田之黄粟"之句，写出了野外黄雀的艰难生活，并借此自喻。

放眼当下，疫情、战争等，让人无奈。还有很多看不见的壁垒、隔阂，以及那些机械化、工具化的事物。那么，重温经典，就是要从中汲取经验、观念，思索判断的标准、衡量的尺寸，通过深度思考，从而获取真正智慧，重新认识传统的意义，看清未来的世界该如何，会如何。

弘一法师临终写下"悲欣交集"四个字，繁华落尽见真淳。我们不断诵读，不停歌唱，体味古人的真情、深情，希望以悲悯的情怀看待众生悲喜。像黄鹂，像黄雀，像荆棘鸟，如泰戈尔的诗中所说："世界以痛吻我，要我报之以歌。"

飞禽篇
风暖鸟声碎
日高花影重

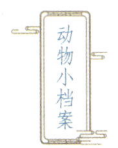
动物小档案

黑枕黄鹂

Oriolus chinensis

目、科、属：雀形目黄鹂科黄鹂属

俗名：仓庚、商庚、鳌黄、莺、黄莺

形态描述：中型鸟类，体长22~29厘米。通体大多为黄色或黄绿色，后枕部具黑色环带，翅和尾羽主要呈黑色

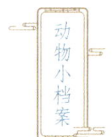

动物小档案

黄雀

Carduelis spinus

目、科、属：雀形目雀科金翅属

俗名：黄鸟、金翅鸟

形态描述：体长11~12厘米。雄鸟头顶与颏黑色，翼斑和尾基两侧鲜黄。雌鸟头顶与颏无黑色，具浓重的灰绿色斑纹，下体暗淡黄，有浅黑色斑纹。雄鸟飞翔时腰和尾基两侧可显示出鲜黄的翼斑

飞禽篇

凤暖鸟声碎
日高花影重

流离
从祥瑞到灾祸的身份转变

旄丘之葛兮，何诞之节兮。叔兮伯兮，何多日也？
何其处也？必有与也！何其久也？必有以也。
狐裘蒙戎，匪车不东。叔兮伯兮，靡所与同。
琐兮尾兮，流离之子。叔兮伯兮，褎如充耳！

——《邶风·旄丘》

扫码获取
- 本诗注释
- 动物照片
- 动物声音
- 原文朗读

033

《邶风·旄丘》是一首流亡者盼望援助的诗作。大致是写流亡到卫国的人，请求卫国的统治者来救助，但因愿望没有能够实现而非常失望。现代学者一般认为这是批评卫国君臣不救黎侯的诗。

公元前663年，小诸侯国黎国被狄人所建的潞子国所灭，黎国君臣流亡到卫国，请求卫懿公出兵帮黎国复国。但是，卫国迟迟没有动静，于是黎国国君委派的大夫便写了这首诗呈给卫懿公。那么，黎国是怎样的情形呢？卫国为什么见死不救呢？

据记载，黎国是个历史悠久又多灾多难的国家。当年黄帝在涿鹿大战蚩尤，蚩尤麾下的九黎部落战败后就流落到了黄河以北太行山以西的地方，所建立的国家就被称为黎国。商王朝时期，尧的裔孙大由被分封黎国，是殷商的附属国。一直到了商代末年，周文王灭商之前先灭掉了忠于商朝的黎国。《尚书》中有"西伯戡黎"的故事：周文王战胜黎国之后，祖伊非常恐慌，急忙跑来告诉纣王。说上天恐怕要断绝殷商的国运了！纣王说："我的命运难道不是早就由上天决定了吗？"祖伊说："您的过错太多，上天已有所知，难道还能祈求上天的福佑吗？"

周武王分封诸侯的时候，把原来黎国的土地及百姓封给大周开国功臣，伐黎主将、武王的弟弟毕公高的儿子，建立姬姓黎国。那时候黎国的区域包括今山西长治及周边地区。此后国都几经迁徙，统治区域也逐渐变小，到春秋时期，其核心区域是今山西黎城县。

周惠王十四年（前663），临近的潞子国赤狄突然攻灭黎国。黎国君臣逃亡到了卫国，当时的卫国也被赤狄进攻，和黎国同病相怜。

卫国第十八代国君卫懿公骄奢侈靡，他本来说好会帮助黎国一起反击赤狄人，但是始终没有任何的行动。黎国君臣寄人篱下，在卫国的旄丘城，城外的葛藤已经蔓延得那么长了，但是卫国还是拖延着，援兵还是迟迟没有动静。

其实卫国当时也是危机重重：一方面要防范不按常理出牌的赤狄，另外一方面要防范左右两大邻国——晋国和齐国。而黎国曾被晋国吞并又重新建国，基本上算是晋国的附属国了。所以，卫国对于救助黎国之事非常犹豫不决。

黎国和卫国都是姬姓诸侯，黎国被夷狄攻击，君臣逃难到卫国寻求帮助。《邶风·旄丘》中用"叔伯"一词来称呼，是为了拉近两国关系，也可以看到黎国有求于人的时候是何等卑微。黎国君臣在等待中忐忑不安，但他们其实已经隐约知道了事情的结果，只是不肯相信罢了，这才想要为自己的遭际找一个乐观的理由。当幻想在等待中终于破灭，他们看清楚了卫国拖延日久的真正原因，那就是卫国从来就没想过要帮助自己，因为其利益与黎国并不一致。

但是，黎国因此而怨恨卫国了吗？或者谴责卫国的冷漠，痛惜自身的无能？

都没有。或许，己不自振，人又何咎？抵挡不住赤狄的侵扰，这是黎国自己的实力不济，有什么理由去怨恨他国呢？难道仅仅因为卫国不出兵帮助自己，就要去怨恨吗？

这首《邶风·旄丘》并没有表露出对于卫国的怨恨，只不过是从希望到失望的描述而已。黎国君臣本来希望卫国能出兵援助,但等来等去只是并没有等到自己想要的结果罢了,对卫国还谈不上怨恨的情绪,更多的是失望中有一种深深的辛酸和自卑。

或许,《邶风·旄丘》一诗真正的用意和《邶风·式微》相同,都是随着黎侯逃亡到卫国的臣子劝黎侯离去的作品。既然在卫国得不到援助,那么还是离开另寻办法,不必再寄人篱下寻求庇护了。从中也可以看出随行的黎国臣子,在无助失落的境况里,依旧保持自己的风骨。

全诗四章,每章四句。脉络明晰,艺术手法巧妙,或铺陈或对比,情景如画,递进有序。一章怪之,二章疑之,三章微讽之,四章直责之。从风格上来看,全诗感情甚调温柔敦厚,缠绵凄婉,曲折动人,作者虽然寄人篱下,但诗意从委婉地询问的口气到直指卫国统治者不同心同德的嘴脸,写得很有骨气。

这首诗中"琐兮尾兮,流离之子"的"流离"和"流离失所"中"流离"是一个意思吗?并不是。"流离失所"中的"流离"指离开家乡,没有一定的居处;《邶风·旄丘》中"流离之子"中的"流离"指一种鸟。古人早有考证。《尔雅·释鸟》记载:"鸟少美长丑,为鹠鹠。"郭璞注:"鹠鹠犹留离,《诗》所谓'留离之子'。"

《陈风·墓门》有"墓门有梅,有鸮萃止。夫也不良,歌以讯之。讯予不顾,颠倒思予"诗句中的"鸮",《大雅·瞻卬》有"懿厥哲妇,为枭为鸱。妇有长舌,维厉之阶。乱匪降自天,生自妇人"诗句中的"枭"和《邶风·旄丘》中的"流离"是同物异名。

飞禽篇
风暖鸟声碎
日高花影重

鸮

"鸮""枭""流离"泛指鸮形目鸱鸮科的多种鸟。我国常见的有长尾林鸮、褐林鸮、灰林鸮、乌林鸮、耳鸮、角鸮、雕鸮等。鸮是鸮形目鸟类的总称,是现存鸟类种在世界分布最广的鸟类之一,鸱鸮科约200种,除了南极洲以外的所有大洲都有分布,大部分的种类为夜行性肉食动物。鸮形目鸟类的头宽大,嘴短而粗壮,前端呈钩曲状,头部正面的羽毛排列成面盘,部分种类具有耳状羽毛。因为鸮形目鸟类的头部双目的分布、面盘和耳羽的形状与猫极其相似,所以有猫头鹰的叫法。

《动物学大辞典》将"鸮""枭"定为长尾林鸮,故以长尾林鸮释之。

林鸮是较早演化出来的鸱鸮科猫头鹰,它们保留了先祖许多古老的形态,尚未演化出明显的"耳朵"。长尾林鸮是鸮形目鸱鸮科的一种大型鸮类,又称枭、土枭、枭鸱、山鸮、鸡鸮、流离等。

长尾林鸮体长45~54厘米。它有着圆圆的大脑袋,耳朵没有簇毛,扁平的脸上呈现灰白色,间杂黑褐色细纹。它的眼睛非常大,是杏核儿状的,有点人类"杏眼春雨"的味道,眼睛周围环绕着一圈灰白色的羽毛,羽毛很硬,形成毛圈。它的嘴很短,喙钩曲状。通身披着灰色或灰褐色,间杂暗褐色条纹的"羽毛外衣"。尾羽很长,是淡褐色的,多有污黑色横斑和灰色斑纹。如果它翘起尾巴,就会露出灰色的羽毛,好像一件外衣的内衬。如果用手摸一摸,会发现,它挺起的胸脯上的灰白色羽毛非常柔软,是羽绒团聚的。它的腹部有淡黄色的羽绒,胫部也是浅黄色。

现在,该种群数量明显减少,已列入《国家重点保护野生动物名录》,属国家二级保护鸟类。

《诗经》中提到"鸮"的诗篇还有很多。比如《鲁颂·泮水》云:"翩彼飞鸮,集于泮林。食我桑黮,怀我好音。憬彼淮夷,来献其琛。元龟象齿,大赂南金。"歌颂鲁僖公平定淮夷之功,猫头鹰在这里翩翩飞翔,其叫声也喜悦而动听。

《豳风·鸱鸮》云:"鸱鸮鸱鸮,既取我子,无毁我室。恩斯勤斯,鬻子之闵斯。"这是一首寓言诗。诗中通过一只雌鸟之口,诉说育子的艰辛和目前处境的危险:"猫头鹰啊猫头鹰,你已经抓走了我的孩子,就不要再摧毁我的巢穴了。"

俗语说:"两鸟进宅,无祸也有灾。"这两种鸟一种指乌鸦,另一种指猫头鹰。乌鸦浑身乌黑;猫头鹰昼伏夜出,叫声凄厉,人们将之视为不祥之物,有"报丧鸟"之称。

人类对猫头鹰的情感是复杂的,从商周到近代民间,从爱到厌恶,纠缠不清。

上古时期,人们十分敬仰猫头鹰。据研究,猫头鹰是距今五六千年的红山文化的主要图腾崇拜物。因为猫头鹰在黑暗中可以像雄鹰一样轻易捕捉到食物,所以它获得了人类的崇拜。红山文化时期的先民们希望猫头鹰能够给予自身与自然界抗争的神奇力量。这种图腾文化的影响一直延续到商周时期。"鸮"纹饰在商代晚期至西周中期的青铜器上大量出现,精美奇特,蕴含着独特的文化内涵。青铜鸮形纹饰主要分为三部分:以猫头鹰的整体造型为原型的青铜器,以猫头鹰为构造原型的青铜部件,以猫头鹰为原型的平面局部纹饰。这些使用"鸮"纹饰的青铜器种类以酒器为多。

比如,妇好鸮尊是我国目前发现最早的一件鸟形铜酒器,1976年出土于河南安阳的殷墟妇好墓,高46.3厘米,重16千克,口长径16.4厘米,足高13.2厘米,盖高13.4厘米。它是商代晚期文物,因内壁有铭文"妇好"二字得名。妇好是中国有文字记载的第一位文武双全的女将军。出土原器为一对两只,一件收藏于中国国家博物馆,另一件收藏于河南博物院。

此外,还有出土于山西石楼县的鸮卣,出土于河南安阳的鸮纹斝等用"鸮"作纹饰的文物,造型生动,既庄严又可爱。

后来,民间之所以把猫头鹰当作不祥之鸟,大概是由于猫头鹰嗅觉灵敏,能够闻到病入膏肓的人身上的气味,往往在人将死之际出现在房屋周围,所以被叫作"报丧鸟";另外,猫头鹰在黑夜中的叫声阴森凄凉,令人心生恐惧,所以又被称为"恶声鸟"。

唐代李贺《神弦曲》有诗句:"百年老鸮成木魅,笑声碧火巢中起。"李贺很喜欢描写神鬼,也善于利用那些奇异的形容词和意象。在这首诗中,李贺把百年修炼的老鸮比作成了精的木魅(精怪),因为猫头鹰被认为是不祥之兆,会给当地人带来灾难,所以诗人说,干脆一把火烧了它的老巢。

宋代王禹偁《闻鸮》有诗句:"元精育万汇,羽族何茫茫。为怪有鸱鸮,为瑞称凤凰。……夜深闻此鸟,韦公涕沾裳。李侯举酒令,斯音非不祥。"在诗中点明猫头鹰是怪物,叫声不祥,说明当时人对猫头鹰十分不喜欢。

愿天底下流离失所者,不再无助地呼叫求告,不再辛酸地苦苦等待,不再被真相欺瞒,而是能得到诚心诚意的援助,在风雨飘摇中找到回家的路。

飞禽篇

凤暖鸟声碎
日高花影重

动物小档案

长尾林鸮

Strix uralensis

目、科、属：鸮形目鸱鸮科林鸮属

俗名：枭、土枭、山鸮

形态描述：体长45~54厘米。头圆，无耳簇毛，面盘灰白色，具黑褐色细纹。眼大，杏核儿状，眼缘环生硬羽，形成毛圈灰白色。嘴短，喙钩曲状。体羽灰色或灰褐色，有暗褐色条纹，尾羽较长呈淡褐色，多有污黑色横斑和灰色斑纹。上胸呈羽绒状，灰白色。腹部淡黄色，尾下覆羽灰色，胫部浅黄色

现状：已列入国家重点保护野生动物名录，属国家二级保护鸟类

鹑
好斗又快乐的一生

鹑之奔奔,鹊之彊彊。人之无良,我以为兄。
鹊之彊彊,鹑之奔奔。人之无良,我以为君!
——《鄘风·鹑之奔奔》

扫码获取
- 本诗注释
- 动物照片
- 动物声音
- 原文朗读

《鄘风·鹑之奔奔》这首诗短小精悍，对为长不尊的无良之人口诛笔伐，畅快直切。古代学者一般认为这是谴责、讽刺卫国国君卫宣公或公子顽、宣姜的诗，而现代学者多认为这是写女子责怪无情无义的男子的诗。诗中主人公看到鹌鹑和喜鹊都有自己的配偶，可以相飞相随，自己却不幸遇到道德败坏的负心人，被欺骗和玩弄，感到无比悲愤。作者据此，将无良之人与禽兽对待爱情、婚姻的态度，构成了一种强劲的对比之势，一针见血，增强了诗歌的批判力量。

根据《史记·卫康叔世家》等记载，卫宣公娶了本来给儿子太子伋选择的妻子——宣姜为妇，又听信谗言杀害了伋与伋的庶弟寿。

卫宣公，即卫晋，卫庄公之子，卫桓公之弟，卫国第15任国君，公元前718年—公元前700年在位。

公子晋早年在邢国作人质。公元前719年，公子晋的另一个兄弟公子州吁弑杀卫桓公，自立为君。石碏平定州吁之乱后，从邢国迎公子晋回国即位，是为卫宣公。

当初，卫宣公和父亲卫庄公的姬妾夷姜私通，生下儿子公子伋，卫宣公把公子伋托给右公子抚养。卫宣公很宠爱夷姜，因此将公子伋立为太子，并让右公子教导他。

后来，右公子替太子伋迎娶齐国女子宣姜为妻，还没等成婚，卫宣公竟然看到宣姜长得漂亮，就把她娶了过来，并再替太子伋娶另外的女子。《邶风·新台》中"燕婉之求，得此戚施"，说的就是本想追求燕婉之好，过一种郎才女貌、琴瑟和谐的幸福生活，却不料嫁给了一个癞蛤蟆般的糟老头子。这首诗讽刺的正是卫宣公。新台是他为娶宣姜建的宫殿。

卫宣公得到宣姜后，宣姜生下两个儿子公子寿和公子朔，夷姜因此失宠。夷姜自杀后，宣姜和公子朔一同诽谤太子伋。卫宣公想办法除掉太子伋，不料同时误杀了仁义的公子寿。这为后来宣姜另一个儿子公子朔即位带来了重大隐患。

卫宣公死后继任的就是公子朔，即卫惠公。他遭到了公子伋和公子寿门人的强烈报复，同时又不得民心，一度被赶出了卫国。最终只能依靠齐国等外部势力的介入，镇压了国内的反对势力，才得以重新恢复国君的身份。

关于《鄘风·鹑之奔奔》这首诗的意思，我们不妨想象一下这样的场景：昏暗的光线下，几个公子围着几案埋头谋事，时而低语，时而激愤。他们衣着华贵，一看就是权倾朝野的王公贵族。其间，一人恶狠狠地低语："连鹌鹑和喜鹊等禽兽，都有固定的配偶，而君上纳媳杀子，荒淫无耻，其行为可谓腐朽堕落，禽兽不如，枉为我兄，枉为我君！"然后，群客点头低语，意欲与之共谋。也许，就是在这次密会之后，一场讨伐或叛乱随之而起。

又或者是另外一种情景：春日午后，阳光晴好，新妇午睡醒来，带着慵懒的感觉，慢慢走出房间，在庭院里漫步。夫君外出，共赏美景的约会又付之东流。女子四处张望，心中一股烦躁总也无法消除，看到鹌鹑双双飞起，听到喜鹊成对鸣叫，幽怨的情绪终于变成愤怒。

她本来想象着会嫁给儒雅帅气的公子，从此过上幸福美满的生活。没想到迎接她的却是一个年纪衰老、长相丑陋的家伙。她想拒绝，却又无可奈何。更可气的是这个人真是道德败坏，风流成性，见一个爱一个。她本来心里对他很尊重，以为他能力强，有才干，对她也不错，没想到他却满口谎言，整日欺骗；本来以为他是君子，对他很信任，没想到他将承诺过的事情转身就忘记。一遇到危机，就忘了她为他受的委屈，遭的非议，把责任和过错都推到她身上。他的眼里只有利益算计，是个完全自私自利的小人。

她独自坐在桃花树旁的石头上，眼泪像断了线的珠子，无助地落下。她该何去何从？"人之无良，我以为兄""人之无良，我以为君"，两行诗句从她的心中喷涌而出，畅快直切。

《康熙字典》关于"鹑"的解释："《陆佃云》鹑无常居，而有常匹，故《尸子》曰：'尧鹑居。'诗曰：'鹑之奔奔。'言鹑能不乱其匹，卫人以为宣姜鹑之不如也。又俗言此鸟性淳，飞必附草，行不越草，遇草横前，即旋行避之，故曰鹑。"

《鄘风·鹑之奔奔》中的"鹑"指的是雉科的鹌鹑，又称白唐、罗鹑等。

在古代"鹌"和"鹑"本是两种鸟，但经常混为一谈，合称为鹌鹑。鹑与鹌长相相似，怎么区别呢？主要看羽毛上的斑点，羽毛无斑点为鹌，羽毛有斑点为鹑。现在认为鹌鹑是一个物种。雌雄性在非繁殖季节不易分辨；在繁殖季节，雄性喉部为褐色，而雌性羽毛为黄色。

鹑

　　鹌鹑用一个词形容就是"又圆又小"。成年的鹌鹑和小鸡幼崽体型差不多,体长 16~22 厘米,不仅体型小,还头小,嘴小,尾羽短,体型肥满,放在手心里,圆滚滚、小小的一只,非常可爱。

　　别看鹌鹑小,它的"花衣裳"可不少。雄鸟上体通常覆沙褐色的羽毛,头顶至后颈覆黑褐色的羽毛,有黄褐色斑驳纹,呈现出"V"形赤白色横斑。鹌鹑的尾羽是黑褐色的,间杂黄白色羽干纹和羽缘,有褐色横条纹斑。它的腹部有黄白色的绒毛,脚和趾是淡肉色。雌鸟上体与雄鸟相似,但是,颏、喉、前颈上部是灰白色的羽毛,上胸是浅褐色的羽毛,不及雄鸟鲜亮。

　　鹌鹑栖息于农田、草地、牧场、河谷、沼泽等地。《本草纲目》中对鹌鹑住在哪里,早就有记载:"其田圩,夜则群飞,昼则草伏。"

它们常在草地或农田觅食,阴天终日躲在荆棘丛内。它们在草丛中隐蔽活动,不高飞,被人惊动时,就直而快地低飞,迅速转移到其他地方的草丛中。在繁殖季节,鹌鹑多成对栖于山区内;秋季迁徙时,它们多集群,在月夜下进行活动。

鹌鹑以植食性为主,吃植物的果实和种子,以及嫩叶、嫩芽等,也吃昆虫等动物性食物。5~7月繁殖,一雄多雌式性活动。在我国的种群几乎是候鸟,它们在我国东北、新疆及俄罗斯西伯利亚南部繁殖,迁徙和越冬时,分布于我国中东部及西藏。雄鸟善斗,经常被捕捉,供人们玩乐。鹌鹑的肉、蛋鲜美,营养价值高。因捕猎严重,如今野外生存数量稀少。近年来各地多有人工养殖。

鹌鹑对于古人来说,有两个最主要的用途——吃和玩。

现代人经常吃鹌鹑蛋,古代人却喜欢吃鹌鹑。《红楼梦》中提到贾母钟爱的一道菜是"糟鹌鹑":"李纨早又捧过手炉来,探春另拿了一副杯箸来,亲自斟了暖酒,奉与贾母。贾母便饮了一口,问那个盘子里是什么东西。众人忙捧了过来,回说是糟鹌鹑。贾母道:'这倒罢了,撕一两点腿子来。'李纨忙答应了,要水洗手,亲自来撕。"著名的满汉全席中的"禽八珍"就包含鹌鹑这道菜。可见,鹌鹑经常出现在明清贵族们的餐桌上。

鹌鹑能吃,也能玩。因为鹌鹑性格好斗,所以我国有斗鹌鹑的传统,斗鹌鹑也是民间的娱乐活动之一。旧时,过了春节之后,农民闲暇时会以斗鹌鹑作为消遣。历史上斗鹌鹑可追溯到唐玄宗时期,当时西凉人进献鹌鹑,能随金鼓节奏争斗,为此,宫中多饲养鹌鹑取乐。后来成为官宦富豪、纨绔子弟消遣取乐和赌博的活动。斗时,先贴标头分筹码,然后捉对相斗,每斗一次称一圈,故又称"鹌鹑圈"。据说斗鹌鹑这一活动发源于山东省枣庄市薛城区,后来流行到全国各地,每年初冬举行,故叫"冬兴"。清代曹尔堪在《步蟾宫·秋意》一词中曾写道:"疏风淡汉无纤腻,坐渐觉、露华微泚。赪桐叶底斗鹌鹑,空搅乱、花阴满地。"现在这一活动已被录入枣庄市第二批市级非物质文化遗产名录。

现在人们在日常生活中已经很少能见到野生的鹌鹑了,但是在古代,鹌鹑与人们的生活息息相关,也因此被赋予了独特的文化意义。比如,清代文官八品的补子就是鹌鹑。鹌鹑之"鹌"与安全、安康、安居、安详之"安"谐音,因此又具有"事事平安"和"安居乐业"的象征意义。

此外,鹌鹑的形象还经常出现在古人的诗歌和画作中。元代有一首《醉太平·夺泥燕口》的曲子:"鹌鹑嗉里寻豌豆,鹭鸶腿上劈精肉。"在鹌鹑小小的胃里找豌豆,可见这人多么的小气和贪得无厌,借此讽刺贪小利的人。

明末朱耷有《题鹌鹑图》一诗:"六月鹌鹑何处家,天津桥上小儿夸。一金且作十金事,传道来春对蔡花。"朱耷,号八大山人。他23岁削发为僧,至康熙十九年(1680)还俗。此后住在江西南昌,以诗文书画为事,直至去世。他一生以明朝遗民自居,作品往往以象征手法抒写心意，如画鱼、鸭、鸟等，皆以白眼向天，充满倔强之气。这样的形象正是朱耷自我心态的写照。朱耷喜欢画鹌鹑，他认为鹌鹑身上的羽毛是赤褐色，夹杂着黄白色条纹、斑点，就像穿了一件破烂的百衲衣。而且鹌鹑居无定所，像极了自己的身世处境，于是借鹌鹑自喻。他的《鹌鹑图》绘画作品中两只鹌鹑一俯一仰，着意夸张了鹌鹑的眼睛，眼珠已经顶到了眼眶的上角，表现出一种冷峻孤傲的气质。

南宋画家马麟有一幅《梅竹鹌鹑图》，此画中梅花枝干上落了白雪，和白色的梅花极相称，深绿的竹叶从梅树后面伸出，树下白色的水仙花天真纯洁。两只鹌鹑相对，一起注视着落下的梅花花瓣，看得入迷。马麟画承家学，擅画人物、山水、花鸟，用笔圆劲，轩昂洒落，画风秀润处远超自己的父亲马远。

元朝画家钱选有《夹竹鹌鹑图》，此画的画面左边一树夹竹桃花开得正旺，粉白色花瓣娇艳多姿，一枝竹叶伸出，下面有一对鹌鹑，一前一后正在觅食，一只回头，似乎在和同伴对谈，场景十分温馨。钱选的花鸟画用笔细腻而光润，设色淡雅清丽，精巧传神。

在诗句里、图画里，鹌鹑都是这样成双成对，不乱其匹，相形之下，人确实不如鸟兽。男女婚姻匹配要考虑的家庭、社会、政治因素太多，很多时候女子出嫁往往身不由己，就像宣姜，先出于无奈嫁给卫宣公，再因为政治需要嫁给公子顽，她的内心感受到底怎样，我们已经无从知晓。只能从《鄘风·鹑之奔奔》这首诗中，看到这样痛快淋漓的呼告和斥责。

这让人想到《召南·江有汜》中"不我以,其后也悔"的宣告,想到《邶风·日月》中"胡能有定?宁不我顾"的怨愤,想到《邶风·谷风》中"不我能慉,反以我为雠"的哀怨。或许受伤的女子都善用或犀利或坚决的语言来武装自己,强忍伤痛,故作坚强,或许面对薄情寡义的男子,这些娇艳玫瑰身上的刺是唯一的铠甲。

  千年之后的女子,也会有类似的遭遇和困境,也会发出相应的斥责和呼告,愿她们自立自强,自尊自爱,勇于争取自己的幸福,能够和心爱之人相伴相随。

飞禽篇

凤暖鸟声碎
日高花影重

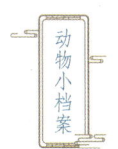
动物小档案

鹌鹑

Coturnix coturnix

目、科、属：鸡形目雉科鹌鹑属

俗名：鹑鸟、宛鹑、奔鹑

形态描述：体形大小如雏鸡。翅长而尖，尾羽短。背面大多是黑褐色，杂以浅黄色羽干纹；腹面灰白色，雄性颏和喉赤褐色，喉部中央常具明显的黑褐色锚状纹。雌性颏、喉、前颈上部灰白色，上胸浅褐色

走兽篇

兽中有人性
形异遭人隔

宋·牧牛图（局部）

象

太平有象，长寿吉祥

君子偕老，副笄六珈。委委佗佗，如山如河，象服是宜。子之不淑，云如之何？玼兮玼兮，其之翟也。鬒发如云，不屑髢也。玉之瑱也，象之揥也，扬且之皙也。胡然而天也！胡然而帝也！瑳兮瑳兮，其之展也。蒙彼绉绤，是绁袢也。子之清扬，扬且之颜也。展如之人兮！邦之媛也！

——《鄘风·君子偕老》

《鄘风·君子偕老》是一首以服饰、仪态之美描写倾国倾城美人的诗。全诗三章,首章七句,次章九句,末章八句,错落有致。第一章从整体上描绘头饰之美、仪态之美、服饰之美;第二章进一步形容服饰之美、头饰之美、容貌之美;第三章刻画穿戴之美、气质之美、形象之美。"胡然而天也!胡然而帝也!"二句神光离合,仿佛天仙帝女降临尘寰,惊心动魄,妙不可言。姚际恒《诗经通论》称此诗为宋玉《神女赋》、曹植《洛神赋》之滥觞。"展如之人兮,邦之媛也!"最后两句余音袅袅,意味无穷。

《毛诗序》对这首诗的主旨作了注解:"《君子偕老》,刺卫夫人也。夫人淫乱,失君子之道,故陈人君之德、服饰之盛,宜与君子偕老也。"

这首诗果真是讽刺、斥责宣姜的吗?其真实主题是什么?为了弄清这个问题,必须先认识春秋时期的"烝""报"婚和宣姜本人的遭遇。

"烝""报"婚在春秋时期曾是盛极一时的合法婚姻。从《左传》所载的材料来看,"烝"是指父亲死后,儿子娶庶母为妻;"报"是指兄、叔死后,弟弟或侄儿娶寡嫂或婶母为妻。《左传》对烝婚、报婚未有贬词。《左传》记载:"初,惠公之即位也少,齐人使昭伯烝于宣姜,不可,强之。生齐子、戴公、文公、宋桓夫人、许穆夫人。"

来看昭伯(公子顽)烝宣姜的事。昭伯本人并不愿意收继庶母宣姜,是宣姜的母国齐国施加压力后才同意收继的,可见齐国人也是赞同烝婚的。烝婚、报婚生育的子女同其他合法婚姻所生子女一样享有合法权利。昭伯与宣姜所生的三男二女地位都很高,男的继承王位,女的嫁为诸侯夫人，没有受到任何歧视。尤其是宋桓夫人和许穆夫人乃春秋时期杰出女性。《左传》对她们多有赞语。

或许读者可以不去理会这首诗到底赞美何人，是否有讽刺意味，而单纯地欣赏《鄘风·君子偕老》中的唯美摹写和修辞之妙。"委委佗佗，如山如河，象服是宜。""玉之瑱也，象之揥也，扬且之皙也。"两次出现"象"。第一个"象"，是绘有象纹的衣服。《说文解字》记载："象服犹褖饰，服之以画绘为饰者。"第二个"象"是象牙雕刻的钗饰。

提到大象，读者应该不感觉陌生，即使没有亲眼见过，也从电视、书本中看到过。现在的象属有两种：亚洲象属和非洲象属。我国云南产亚洲象。

亚洲象是象科的草食性动物，是陆地上最大的哺乳动物，又称大象、印度象、野象等。体高可达2.5米，体重3.5~6吨。全身灰色或灰棕色，皮厚褶多，毛少粗稀。头大，颈短，眼小，耳大。鼻与唇合成圆筒状的长鼻，上粗下细，末端为鼻孔。四肢粗壮，形如圆柱，前肢五趾，后肢四趾。尾短而细，末端有一圈鬃毛。

亚洲象主要生活在亚洲南部热带雨林及林间的沟谷、山坡、草原、竹林及宽阔地带。现在，它们主要分布印度、印度尼西亚、斯里兰卡、泰国、缅甸、马来西亚，以及我国的云南南部等地。它们是群居动物，每群几头至几十头不等。以植物的幼嫩部分如树叶、嫩刺竹的尖端、野芭蕉等为主要食物，有时也吃谷物及瓜果类。一头象的食量非常大，

走獸篇
獸中有人性
形異禮人隔

象

每天要吃掉 150 千克左右的植物。它们日常生活并无固定场所，活动范围很大，可达 30 平方千米。

亚洲象一般 7 月发情交配，孕期约需 18 个月，每胎 1 仔。亚洲象的寿命可达百岁，30 岁以上才能性成熟。

雄象上门齿大而且长，突出口外，略向上翘，最大长达 1.5~1.8 米，俗称"象牙"。象牙本是象生存的工具，却无端因为色白、质硬，加工可以做成上好的工艺品，能产生巨大的利益价值，而被人类盯上。当动物身体的某一部分成为商品，无论是象牙，还是皮毛，其必定沾染着残忍的杀戮。

周朝已有象牙雕刻的行业，《周礼·天官·太宰》记载，周朝的手工业制作器物有八种材料，称为"八材"，象牙即八材之一。因为象牙珍贵，才能彰显贵族的高贵地位，周代规定只有诸侯才能持用象笏。《鲁颂·泮水》曰："元龟象齿，大赂南金。"《左传》曰："象有齿，以焚其身，贿也。"这里"以焚其身"四个字赤裸裸地表现出，人类为了获得两颗象牙，放火烧死一头大象，实在残忍。

大象是没有想过的，象牙，这一对自身进化出的防御武器，却为自己招来了杀身之祸。动物的力量在擅长使用工具的人类面前，一击即碎。于是，千百年过去了，大象终于在生存、躲避、抗争之中，走向了几近灭绝。

亚洲象是我国国家一级重点保护野生动物。1958 年，中华人民共和国政府就设立了西双版纳自然保护区。该保护区于 1980 年重新调整并扩大了范围；1981年，云南省政府重新调整区划；1986年，经国务院批准为国家级自然保护区，亚洲象受到特别好的保护。

1985年，象在中国的数量只有180头，截至2022年7月，据国家林业和草原局公布的数据，云南野生亚洲象种群数量增至360头左右。中国对亚洲象的保护力度在国际上被广泛认同。

2020年3月，16头大象不知是什么原因，从西双版纳国家级自然保护区内，开始了集体北迁活动。这迅速引起了全国人民的关注。它们经过半年的迁徙，历时110余天，一共走了400多千米。沿途受到群众和工作人员的严密监视和保护。我国高度重视保护野生动物的全民行为，受到了国际社会的普遍赞誉。

知名学者葛剑雄认为，历史上的黄河流域曾更加温暖湿润。河南一带古称"豫"，这个字的本义就是人类手持竹矛捕猎大象。豫州的叫法源自先秦典籍《尚书·禹贡》，该书记载大禹治水后将天下划分为九州。而"豫"字，按照古文字学家徐中舒先生的解释，乃是邑、象的结合，意思是大象之地。从这个命名方式来看，豫州当以产象而闻名。

河南新乡市博物馆收藏有商代晚期的白陶象尊，它高8.8厘米、长15.8厘米。这是一只精巧的大象，鼻子高高卷起，好像吸水后在喷水玩耍；鼻子下面，有两根长长的剑齿，显得威风凛凛；四足粗壮，一副顶天立地的模样。大象全身布满纹饰，包括凤鸟纹、夔龙纹等。它的材质虽为白陶，但造型和纹饰深受同时期青铜器影响。据介绍，象尊是商周时期祭祀礼仪中使用的盛酒礼器之一。陕西省宝鸡青铜器博物院、湖南博物馆、湖北省博物馆等均藏有青铜象尊。

象的形象在古代不只用在盛酒器上,还用在贵族的服饰与兵器之上。《鄘风·君子偕老》一诗中,作者从盛大的册封大典开始,渲染典礼之庄严法度,礼服之华美典雅。

女子身着羽衣华服,青丝如云,耳戴明月铛,头上象牙插,"面如满月犹白,眼如秋水还清",烘托出一位气质庄重又不失妩媚高贵,身材修长皮肤白皙的仙女形象,让人心驰神往,仰慕不已。连诗人都忍不住直抒胸臆,这就是仙子啊!

《小雅·采薇》中有"四牡翼翼,象弭鱼服"之语。象弭,以象牙装饰弓端的弭。弭,弓的一种,其两端饰以骨角。鱼服指鲨鱼鱼皮制成的箭袋。这句指战马强壮而训练有素,武器精良而战无不胜。反衬众士兵以薇菜果腹,形销骨立,衣衫残破,跟在战车后步履艰难。

大象形象高大,性格温和,安详庄重,常常被人们称为"兽中德者"。因为大象的"象"和"祥"是谐音,所以大象在中国传统文化中是吉祥、长寿、太平的象征。它智商很高,拥有长期记忆能力,可以长达几十年不忘记一件事。所以它会知恩图报,一直深受中国人的喜爱。

从远古时期开始,大象逐渐被人们所驯服,并开始广泛参与人们生活。相传在舜传位给禹时就有"白象耕土"的瑞兆,因此把白象耕土视为天下太平的可喜可贺之兆。自此之后,历代帝王均把白象作为歌颂太平盛世的重要文学和艺术题材。

甲骨文中,就有殷王猎象的记录,在殷墟遗址中曾先后发现两座象坑。不仅如此,在商周的青铜礼器上也有各种大象的形象。这些都充分说明了古人对于大象的尊崇之情。

大象在先秦时期就参与了礼乐的构建,形成相关的乐舞传统,其中最典型的是"象舞"。象舞最早见诸《礼记·内则》的"成童舞象",周代贵族子弟们所习舞叫象舞,象舞在周代典礼中运用较为广泛,既可用于祭祀、宴飨,又可用于天子射礼。两汉时期,象舞表演在民间广泛流行,张衡《西京赋》中记载有白象舞的表演:"白象行孕,垂鼻辚囷。"李尤《平乐观赋》描述东汉都城洛阳的百戏演出情况,其中有"白象朱首,鱼龙曼延"场景。

西汉末年,佛教由印度传入中国。大象聪明且极富耐力,在古印度被尊为圣兽,同时也被人们尊崇为富饶的财神。敦煌莫高窟壁画中,有很多与象相关的故事,如第329窟初唐"乘象入胎",讲述的是佛祖释迦牟尼诞生的故事。佛母摩耶夫人梦见菩萨乘象而来,天空散布着鲜花和流云,飞天们载歌载舞,姿态优美,气氛热烈而欢快。佛教中,普贤菩萨的坐骑正是六牙白象,普贤菩萨手拈如意荷花,寓意"愿行广大,功德圆满"。

汉朝以来,人们赋予象的祥瑞功能也被唐代延续,如"太平有象""太平吉祥(象)""吉祥(象)如意"等,大多数借用了"象"字的谐音。尤其是珍贵的"白象"被视作圣物,在《唐六典》的等级划分中被明确规定为"大瑞",与龙、凤等神物并列。

宋代重视象在礼仪层面的象征意义,开始把石象置于皇帝陵墓的神道中，石象中的"象"为北宋皇陵始设，并为明清皇陵所继承。

南宋陆游有诗《春晚村居》："太平有象天人识，南陌东阡捣麦香。"太平有象，也叫太平景象、喜象升平，形容河清海晏、民康物阜，是中华传统吉祥纹样。历代帝王以铜、玉、瓷等材质御制"太平有象"器型，或陈于厅堂之中，或置于案台之上，以求"四海升平、吉祥平安"之福瑞。

祈愿人们多一些善良和智慧，祈愿太平有象，吉祥（象）如意。

走兽篇　兽中有人性　形异遗人隔

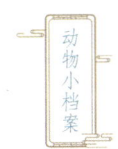
动物小档案

亚洲象

Elephas maximus

目、科、属：长鼻目象科亚洲象属

俗名：大象、印度象、野象

形态描述：躯体庞大，成年雄象高达2.5米，体重3.5~6吨。鼻长垂地，下部较细，鼻孔在末端，前缘有一肉突。雄象上颌门齿突出口外，略向上翘，成年雄象的门齿达1米多长。眼小，耳大，向后可遮盖颈部两侧。四肢粗大呈圆柱状，前肢有5趾，后趾有4趾。尾短而细。皮厚多褶皱，全身生有稀疏的粗毛，体色为苍灰或暗灰

现状：列入国际濒危物种贸易公约濒危物种之一，我国一级重点保护野生动物

063

兕
心有灵犀一点通

采采卷耳,不盈顷筐。嗟我怀人,寘彼周行。
陟彼崔嵬,我马虺隤。我姑酌彼金罍,维以不永怀。
陟彼高冈,我马玄黄。我姑酌彼兕觥,维以不永伤。
陟彼砠矣,我马瘏矣。我仆痡矣,云何吁矣。

——《周南·卷耳》

眼扫码获取
本诗注释
动物照片
动物声音
原文朗读

翠峦蔓延，一条大路沿着山麓伸向远方，一个女子挎着浅竹筐，心不在焉地采摘着卷耳的嫩芽。她神思飘忽，手上的动作也变得笨拙起来，采了好久，竹筐也没装满，很多卷耳菜都掉落在地上。因为她的心没在采摘卷耳上，而是随外出征战的丈夫飞向了远方。

在不断地思念之下，她的心情越加凄惶，已没有心力再采摘卷耳。她痴望着丈夫离开时的那条大路，把竹筐放在脚边，顺路张望，目光迷离，仿佛看到了远行归来的丈夫的身影。然而清醒过来时，她才知道那是幻觉，不由得嗟叹连连，眼角含着泪水。

而在另一个空间，丈夫也在思念着妻子。他在崇山峻岭中跋涉，胯下的骏马在旅途奔波中已经疲惫不堪，马首低垂，马蹄沉重。而比起鞍马劳顿的苦累，相思的苦楚更煎熬人心。他登上山冈，拿起金罍、兕觥，斟满了酒，一饮而尽，希望能借酒消愁，然而酒入愁肠尽化作相思泪。他想念家中贤德美丽的妻子和幸福安宁的生活，想念妻子清亮的歌声，亲手做的香甜的羹饭，温柔的叮咛和呼唤。

远征人的身体已经疲惫不堪，心灵更受不了相思的折磨，因而想要尽快结束这场遥相呼应的痛苦对话。他想把两人心中那条意念的连接放下，思念太美，无法相见又太痛苦，所以不如就此打住吧。那一刻，远方的他似乎已经疲惫到扑地不起，万分无奈之情溢于言表。

《周南·卷耳》是一篇抒写怀人情感的名作，其佳妙处尤其表现在它匠心独运的篇章结构。第一章是以思念征夫的女子的口吻来写，女子的独白呼唤着远行的男子，"不盈顷筐"的卷耳被弃置在通向远方的大路一旁;后三章则以思家念归的征夫口吻来写,极力铺写他苦难的军旅生活和思妻念子的心情。人困马乏,忧思愁苦,以酒解忧。犹如一场表演着的戏剧,男女主人公各自的内心独白在同一场景同一时段中展开。正所谓"花开两朵,各表一枝。"这种笔法叫作"从对面着笔",妻子想念丈夫,想象丈夫也这般想念妻子。诗中并没有直写思念之情,但思念却如桃花潭水,愈见深长。

"当携筐采绿者徘徊巷陌,回肠荡气之时,正征人策马盘旋,渡越关山之顷,两两相映,境殊而情却同,事异而怨则一。所谓'像天涯一样缠绵,各自飘零'者,或有诗人之恉乎!"俞平伯先生的评论可谓 语中的。

《周南·卷耳》中的兕觥,在《毛诗故训传》中解释为:"角爵也。"《孔疏》云:"献者,爵称也,爵,总名。"后代学者对"角爵"主要有两种理解:第一种,根据许慎《说文解字》的解释"兕牛角,可以饮者也",即认为是用犀牛角制作的大酒杯;第二种,把"角爵"理解为"似角之爵",即认为是类似犀牛角形状的青铜器形酒具。

《尔雅·释兽》记载:"兕似牛。"有郭璞注:"兕似牛,一角,青色,重千斤。"称兕有一个角,犀有双角,也有一角者。《本草纲目》卷五十一"犀"条:"(释名)兕。……大抵犀、兕是一物,古人多言兕,后人多言犀,北音多言兕,南音多言犀,为不同耳。"李时珍认为,犀和兕是一种动物,只因南北方叫法不同。

犀牛是奇蹄目犀科的哺乳动物的总称,有4属5种。这5种分别

走䜌篇　獸中有人性　形異遺人隔

犀牛

兕犀

是黑犀牛、白犀牛、苏门答腊犀牛、爪哇犀牛、印度犀牛。分布在非洲和亚洲。今以印度犀牛释之。

印度犀牛是犀科草食性动物，是世界上体型最大的单角犀牛，又称独角犀。它体长2.1~4.2米，尾长60~75厘米，肩高1.1~2米，体重2~4吨。印度犀牛的头很大，脖子略短，耳朵直立且长，眼睛小，鼻孔大，在雌雄性犀牛的吻上都有一个黑色的圆锥状的角，犀牛角粗而不长，一般约有60厘米。雄犀7~9岁成熟。每胎产1仔，2月底至4月底出生，孕期约17个月。新生幼犀体长1~1.2米，肩高约60厘米，体重约65千克。犀牛寿命可达50年。犀牛觅食嫩草、芦苇、竹芽、芒果和细树枝等，觅食时一次能吃下约22千克的植物。

犀牛是陆生动物中最强壮和体形最大的动物之一，也是当今第二大陆地动物。现在，印度犀牛产地通常为尼泊尔及印度北部。

犀牛的皮可以说是现存所有陆生动物中最厚的，比大象和河马的皮还要厚，厚度可达8~10厘米，连普通的步枪子弹都穿不透，好像穿着一件甲胄。

可就是这样皮厚体壮的犀牛，却几乎灭绝于人类的猎杀行为之下。何至于此？只因为它和大象一样，身上长着能够供人类玩赏的鼻角。古人云："象以齿焚，犀以角毙。"大象因为象牙被烧死，犀牛因为角被杀死。自己身上珍贵的东西，反而会给自己带来灾难。

在中国古代，贵族们经常使用犀牛角制作成的酒杯。犀牛角天生是圆锥形，自带凹注特性，所以更容易做成酒杯。在做的过程中，人们还会加工、雕刻上各种山水纹饰,然后染色,做出一件精致的艺术品。古往今来,人类猎杀犀牛,用沾染鲜血的手在犀牛角上雕刻绝美的纹饰。艺术本是高雅无罪,因有了利益的驱动,附上了无辜生灵的血肉,而变得无比残忍。

多位学者研究指出,云南很可能就是我国野生犀牛灭绝的最后地区。根据群众反映和实物佐证,云南思茅地区的热带雨林里在1933年还有一对犀牛活动,当地居民声称在1939年的西双版纳雨林里也看到过犀牛。但总体上讲,犀牛已于20世纪中期在云南地区灭绝,从此退出我国的历史舞台。

即使今天,我们已不可见犀牛踪迹,可回顾历史长河,犀牛曾参与中国上千年的人类文明。1973年,在浙江河姆渡文化遗址和河南淅川下王岗遗址,发现了新石器时代犀的亚化石标本。在广西南宁地区新石器时代贝丘遗址中,也有犀的遗骨发现。1977年,在河姆渡遗址第二次发掘中,再次出土犀的遗骨。河姆渡遗址两次出土的犀类亚化石标本,经研究鉴定,分别为双角的苏门答腊犀牛和独角的爪哇犀牛。下王岗遗址出土的犀标本,应属苏门答腊犀牛。这些发现,有力地证明了我国新石器时期,也就是距今六七千年左右,中国南北均有犀存在,独角的爪哇犀牛存在于南方,而双角的苏门答腊犀牛则同时存在于南方和北方。

除了考古实物证明,一些古代文献中也可窥见犀牛的身影。《孟子·滕文公下》记载:"周公相武王,……驱虎、豹、犀、象而远之,

胡冒犀

天下大悦。"《国语·晋语》记载:"唐叔射兕于徒林,殪,以为大甲。"这些文献说明,西周早期,犀牛就在中国中原存在了。

兕在《诗经》中多次出现,《豳风·七月》有"跻彼公堂,称彼兕觥,万寿无疆";《小雅·桑扈》有"兕觥其觩,旨酒思柔";《周颂·丝衣》有"鼐鼎及鼒,兕觥其觩"。无论是在公堂举起犀牛角杯,高呼万寿无疆;还是宴会上品尝美酒,赞美君子的贤明;抑或是祭祀仪式上的献酒等,都让人感受到犀牛的影子无处不在。

古代诗人笔下对犀牛多有吟诵。唐代大诗人杜甫《石犀行》有诗句:"君不见秦时蜀太守,刻石立作三犀牛。"唐代雍陶《蜀中战后感事》有诗句:"空留犀厌怪,无复酒除灾。"唐代陆龟蒙《和袭美馆娃宫怀古五绝》有诗句:"三千虽衣水犀珠,半夜夫差国暗屠。"明代陈子龙《昆明池治水战歌》有诗句:"鹳鹅唼藻声徘徊,老蛟失翼青兕哀。"

《山海经》中记载:"祷过之山,其上多金玉,其下多犀、兕。"祷过之山,是山海经里面靠近东部的一座大山,传说祷过山上遍布黄金珠宝,而山的下面,有很多的犀牛。这种犀牛特别怪,长着三只角,一只长在鼻子上,一只长在额头,还有一只长在头顶,这种犀牛很有灵性,虽然不会说话,但是彼此之间可以心意相通,非常有默契。就是因为它们头顶上的那一只角,把这个角剖开以后,里面有一条感应能力特别强的白色的线,有点像现代接收讯号的天线。

这一传说也成为"灵犀"一词的来源。后人用这个词比喻两个人心意相通。

提到"灵犀",最著名的一首诗当属唐代诗人李商隐的《无题·其一》:"昨夜星辰昨夜风,画楼西畔桂堂东。身无彩凤双飞翼,心有灵犀有一点通。"这首诗说的是一对分隔两地的恋人,虽然身上没有像彩凤那样的翅膀可以飞越千里来相见,但是两人的心意却如同有感应能力的犀牛角,无论隔着多远,也都是相通的。

据说,有一次,李商隐参加豪门权贵的宴会,被一位气质脱俗、眼神忧郁的歌女吸引,两人有着莫名的默契和心理感应,那是一场美丽而忧伤的邂逅,身份的差异让他们只能把这份感情埋藏在心底。"心有灵犀一点通"成为传颂千古的佳句,并不仅限于爱情,它还是亲人之间的默契,是朋友间的志同道合,携手奋斗;也是夫妻之间的举案齐眉,白头相守。

在中国传统文化中,犀牛被视作神兽仁犀,是代表了威武、力量和吉祥的灵兽。古人用"犀牛"的谐音"喜牛"来表示大吉大利。"青铜犀尊"作为商周尊贵的礼器,为庙堂、朝廷宫室之重宝。甲骨文里也时常出现殷商贵族狩猎"兕"的记载。记载中"兕"是上古瑞兽,逢天下将盛,而现世出。

民间流传有"犀牛望月"的故事。

传说,犀牛原来是天上的一位神将,受玉皇大帝的指派,向下界传达起居规范,要求人们"一日一餐三打扮"。意思是注重礼仪,少食甘味。而犀牛到花花世界后被扰乱了心神,将玉皇大帝的旨意传达成"一日三餐一打扮",把天帝的意思全弄反了。天帝大怒,将它罚下仙界。由于它思念天宫生活,一到晚上就抬头望月,这就是"犀牛望月"的缘起。

《关尹子·五鉴》说:"譬如犀牛望月,月形入角,特因识生,始有月形,而彼真月,初不在角。"明朝陈继儒《太平清话》提到:"过望则见,盖犀牛望月之久,故感其影于角。"用犀牛望月形容长久的盼望,在民间寓意人们翘首企盼幸福生活。

宋金时期,耀州窑、定窑、景德镇窑、吉州窑等窑口瓷器都有"犀牛望月"主题的纹饰,当时的铜镜、玉器、铜香炉等器物上也发现了这种纹样。最流行的构图样式多为画面上方画星月祥云,下方画浩大水势,犀牛多为仰望或回望星月状态。明清有犀牛望月铜雕、青花犀牛望月瓷碟等。这一吉祥图案,寄托着人们的美好期许。

宋邵雍《梦林玄解》"梦占·犀牛涉大水吉"条:"占曰:犀之为物,上能通天,下能分水。科举梦此子丑联捷,征伐梦此水战大胜,出行梦此遇险得济,疾病梦此服药必痊,商贾梦此涉江泛海必获珍宝之奇货。"由此可见,古人认为犀牛是祥瑞之物,连梦见犀牛都代表大吉。

隔着悠长的时间和旷远的空间,再来读《周南·卷耳》,会看到它如何开启后世的怀人诗创作。当我们读到杜甫的《月夜》前四句:"今夜鄜州月,闺中只独看。遥怜小儿女,未解忆长安。"妻子在鄜州望月思念诗人,儿女随母亲望月,满脸稚气,并不懂相思为何。后四句:"香雾云鬟湿,清辉玉臂寒。何时倚虚幌,双照泪痕干。"诗人在长安想象妻子的模样,在心中期盼相聚的日子。这种"独看"与"双照",

写出跨越时空的两两相思，与《周南·卷耳》可谓有异曲同工之妙。

千载后的今天，再读《周南·卷耳》，会发现其中蕴含的安顿生命的智慧。从"采采卷耳"起始，我们看到了人对土地的守护和土地对人的馈赠，这是一种稳妥地生存的踏实感，是日常生活平凡却生生不息的前提。

走兽篇
善中有人性
形异遭人隔

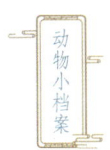
动物小档案

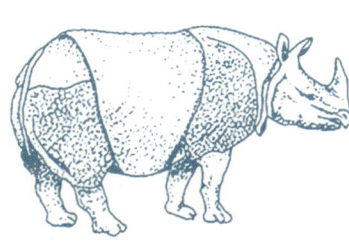

印度犀

Rhinoceros unicornis

目、科、属：奇蹄目犀科真犀亚科独角犀属

俗名：兕牛、独角犀

形态描述：体长2.1~4.2米，尾长60~75厘米，肩高1.1~2米，体重2~4吨。头大，颈短，耳长，眼小，鼻孔大。雌雄吻上都有一角，角为黑色，圆锥状，粗而不长，一般约有60厘米

现状：中国境内已灭绝

麟 神秘的古代灵兽

麟之趾，振振公子，于嗟麟兮！
麟之定，振振公姓，于嗟麟兮！
麟之角，振振公族，于嗟麟兮！

——《周南·麟之趾》

扫码获取
- 本诗注释
- 动物照片
- 动物声音
- 原文朗读

《周南·麟之趾》是赞美周朝诸侯公子的诗歌,歌颂家族兴盛强大,国运长久不衰。此诗以瑞兽麒麟起兴,具有浓重的吉祥喜庆色彩。传说麟有蹄不踏,有额不抵,有角不触,被古人看作至高至美的善兽,因而把它比作公子、公姓、公族的仁厚美德。全诗三章,每章三句,以反复咏叹的手法,每章一句叠咏,眼前是麒麟、公子形象的不断交替闪现,耳际是"于嗟麟兮"赞美之声的不断激扬回荡。视觉意象和听觉效果的交汇,经过反复咏叹,营造出兴奋、热烈的画意和诗情。该诗措辞简洁,庄重而深挚地表达了诗人炽热的情感和真诚的祝福。

在华夏民族的原始崇拜中,有一种灵异之物,它就是麒麟。传说伏羲氏教民"结绳为网以渔",蓄养家畜,促进了社会发展,改善了人们生活,因此天授神物,麒麟出现。据记载,伏羲、舜、孔子所在的时代都伴有麒麟出现,它们带来祥瑞吉兆,使人间兴旺。

据《春秋左传·哀公十四年》记载:"十有四年春,西狩获麟""十四年春,西狩于大野,叔孙氏之车子锄商获麟,以为不祥,以赐虞人。仲尼观之,曰:'麟也。'然后取之"。

根据《春秋左传》的记载,我们可以拼凑出这样一个故事:

鲁哀公十四年(前481)春天,鲁国高官叔孙氏派人到鲁国西边的大野泽畔砍柴。驾车的锄商发现一头像鹿一样的动物,于是弯弓搭箭,射断了这头动物的前左腿。锄商走到跟前一看,不禁大吃一惊,原来这个动物长相十分奇怪，不像一般的鹿头上有两只角，这个动物头上只长了一只角，尾巴也不是短小的鹿尾，倒像长长的牛尾巴。在场没有人认识这是什么动物。回到了鲁国郊区，鉏商担心把这头怪物拉进城里不吉利，于是就赐给了一个在大野泽管林泽的小官。小官也觉得不妥，就把它丢在路旁扬长而去。鉏商回到府后就向叔孙氏汇报了此事，叔孙氏被激起了好奇心，于是赶到郊外的怪物跟前，他左看右瞧，怎么看也不认识是什么动物。他沉思一会儿，想起博学多识的孔子，立即派人去向孔子请教。

孔子当即判断可能是麒麟，但为了进一步证实，孔子让身边的学生子贡赶上马车，把他拉到郊外。此时，麒麟已经被无知害怕的人打死了。孔子走近一点查看并断定："就是麒麟！"麒麟本是瑞兽、仁兽，但世人不认识，把它错当成怪物打死了。孔子伤物及人，想到自己一生四处奔波，致力推行"仁德""仁政"，也不为世人理解，结果四处碰壁，被弄得栖栖惶惶，如丧家之犬，不禁感慨万分，悲从中来，"反袂拭面，涕沾袍"，仰天长叹一声："吾道穷矣！"

子贡有些不解，问："夫子何泣尔？（老师，您为什么哭？）"孔子说："（麒麟）出非其时而见害，吾是以伤之。（麒麟出现得不是时候，被人打死，能不令人为之一哭吗？）"孔子回到家，让子贡打开编辑了几年的《春秋》竹简，刻下"十四年，春，西狩获麟"，抛刻刀在地，从此不再刻写一个字。唐代大诗人李白《古风·大雅久不作》中"希圣如有立,绝笔于获麟"的名句指的就是这件事。

叔孙氏知道人们把吉祥的麒麟错当成怪物打死了,也感到非常惋惜,就派人把麒麟运回捕获它的地方归葬,并堆起高高的土台以示纪念,后人称之为麒麟冢。

麒麟是将善行、美德、灵智集中于一身的圣灵,是仁德厚慈的化身,仁义且有威仪。在先民的生活中,麒麟也无处不体现其特有的珍贵:民间以麒麟为送子神兽,传说孔子就是由麒麟所送,麒麟还是岁星散开而出生的,因而它是主祥瑞之灵。在中国古代文化中,有关帝王兴衰和麒麟相关的传说很多,古人常把战将和英雄比作麒麟。麒麟与龙、凤、龟、貔貅并称为五大瑞兽。

孔子对麒麟这种瑞兽有着特殊的感情,他将这首《麟之趾》编在《国风·周南》的最后一篇,也是作为一个阶段性的收尾,寄托着他的希望。

随着诗首句"麟之趾"的出现,那尊雄威的巨兽仿佛来到眼前。它步履端正,神态和蔼,虽然庞大却身形敏捷,厚实的脚趾下"不践生草、不履草虫",它悠然漫步在青翠山林,恍惚间,化作一位仁厚的君子,从麒麟的幻影中微笑走来。端端麒麟与翩翩公子,由此交相辉映,均成贵象,令人油然升起一股仰慕之情。于是"振振公子,于嗟麟兮"的赞美,便带着全部热情冲口而出,刹那间震响了短短的诗行,在天地间回荡。

这首诗以麒麟来美喻王侯子孙,实是寄托着民众对贵族阶层德行和操守的期许，冀望他们以仁德安邦，以厚慈殷民，反映的正是先民对吉祥平安生活美好的希望和追求。

我们常说的"麒麟"，在古代中国，是和龙、凤凰等作为祥瑞动物存在在人们的口口相传中的，但它们在实际生活中并不存在。

麒麟是一种动物，还是两种动物呢？《周南·麟之趾》这首诗中的麒麟究竟是什么动物？

古人认为麒和麟是一种动物，雄性的称为麒，雌性的称为麟。但这种动物具体对应今天的哪种动物，宋代以前尚无定论。《宋书》记载："麒麟者，仁兽也。牡曰麒，牝曰麟。"在民间石刻雕像中，麒和麟形象的主要区别是：其一，脚下踩的东西不同，踩着球（或元宝）的为公，即为麒；踩着小麒麟子的为母，即为麟。其二，头上的角不同，麟的角要小一些，同时比较细长，犹如装饰一样；而麒的角比较大且粗，看上去有力量感。其三，颜色不同，麒身上的颜色深，而麟身上的颜色相对较浅淡。

《周南·麟之趾》这首诗中的"麟"是什么动物，可以从古籍中找到一些依据。《尔雅·释兽》解释："麐（即麟），麕身，牛尾，一角。"意思是，麒麟长着麋鹿的身体和牛的尾巴，有一只角。《说文解字》记载："麟，大牝鹿也。"书中记载，麒麟身体像麝鹿，尾巴似龙尾状，还长着龙鳞和一对角。宋代朱熹《诗集传》说："麟，麕身，牛尾，马蹄，毛虫之长也。"

到了宋代，人们才把"麟"确定为长颈鹿。宋代以前的中国人对长颈鹿所知甚少，我国古文献中关于长颈鹿的记载最初见于南宋初李石的《续博物志》，谓"拨拨力国"（今索马里的柏培拉）产长颈鹿。此后赵汝适的《诸蕃志》（1225）中记有"徂蜡""状如骆驼而大如牛，色黄，前脚高五尺，后低三尺，头高向上，皮厚一寸"。

活的长颈鹿在明永乐时才输入我国，这是郑和远航的一项收获。在郑和的随员巩珍于1434年写的《西洋番国志》和1451年马欢写的《瀛涯胜览》中，都把长颈鹿叫作"麒麟"。榜葛剌国王分别于永乐十二年（1414）、正统三年（1438）两次派使臣给中国进贡麒麟，当时著名书画家沈度将这一盛况用绘画的方式记录了下来，现在国家博物馆藏有《榜葛剌进麒麟图轴》。

马欢所撰《瀛涯胜览》一书中就此瑞兽有如下描述："麒麟，前二足高九尺余，后两足约高六尺，头抬颈长一丈六尺，首昂后低，人莫能骑。头上有两肉角，在耳边。牛尾鹿身，蹄有三跲，匾口。食粟、豆、面饼。"不难看出，书中对"麒麟"的描述和现在的长颈鹿几乎一样。

据庄之模所著《生命世界漫笔》一书讲述："我国古代所说的麒麟，就是长颈鹿。至今日本人仍称长颈鹿为麒麟。长颈鹿为什么称麒麟？就是因为索马里语称长颈鹿为'基林（Qiri）'。我国古代文献上对长颈鹿的译法有两种：一是依索马里语音译成麒麟；二是依拉丁文 *Giraffa* 音译成'徂蜡'或'祖剌法'。"

麒麟

　　长颈鹿是哺乳纲偶蹄目长颈鹿科长颈鹿属。在中文名中，因为它的颈很长，所以被叫作长颈鹿。在拉丁学名中，"*Camelopardalis*"是"驼豹"的意思，因它的体形和皮肤颜色介于骆驼和斑纹豹子中间，所以得名。它是陆生哺乳类中最高的动物，雄性站立时由头至脚高达6~8米，肩高3.3米，头躯干长4.3米，体重550~1930千克，平均为800千克。无论雌雄，它们的头部都有1~2对外包皮肤和茸毛的小角。长颈鹿的眼睛非常大而且突出，位于头侧上位，能够看到很远的地方，此外，它还有特别长的睫毛，用现在的流行语讲就是动物界的"睫毛精"。长颈鹿的舌头也非常长，可长达45厘米，不仅长，还很灵活，它们能够轻而易举地伸出舌头，取食高树上的树叶。

当然，长颈鹿长相最有特色的地方还是长脖子。和其他哺乳类动物一样，它们的颈椎只有7节，但是每节都是"加长版"。这么长的脖子当然不是天生，而是经过了漫长的进化。我们知道，长颈鹿生活在非洲，非洲缺水缺植物，对于只吃草的长颈鹿而言，本来食物就少，还得跟一群食草动物共同竞争地面上的草被和树叶，真是难上加难的事。于是，为了填饱肚子，它们努力伸长脖子，日复一日用舌头摘取高一点的树上的叶子，经常这样做，就变成了一种基因留在身体里，逐渐进化出了现在我们看到的长脖子。

当然，长脖子的好处不仅是可以吃到更多食物，还有"站得高，看得远"的作用，前面介绍了长颈鹿突出且大的眼睛，加上长脖子，它们很容易就能发现周围的危险。而长脖子对雄性长颈鹿来说，也是"打架的武器"。雄性长颈鹿求偶竞争的时候，一般都是攻击对方脖子上的薄弱部位，虽然它们的头骨都长了骨质角，但同样是砸向对方，如果谁的脖子更长，那就能获得更大的动能，通过甩脖子的力量打败对方。

长颈鹿不仅脖子长，四肢也很长，还拥有一条1米左右的蓬松尾巴。雌性有四个乳房。长颈鹿喜欢群居，栖息于开阔草地，一般十多头生活在一起，长颈鹿是胆小善良的动物，每当遇到天敌时，能以每小时50千米的速度奔跑。

虽然宋代以前的人并没有准确描述长颈鹿的真实样子，但是，不妨碍长颈鹿，或者说麒麟，成为他们心中的"灵兽"和祥瑞之兆。你看，他们穷尽文采歌颂麒麟。

汉代武帝时期，在长安城未央宫中，建造了一座麒麟阁，因汉武帝元狩年间打猎获得麒麟而命名。汉宣帝时，将霍光、苏武等十一位功臣的肖像画于未央宫内的麒麟阁，这是古代给功臣的荣誉。

于是，画在汉代麒麟阁上的功臣画像，成为此后千年文人向往成为的那种贤臣。比如，唐代杜甫《秋野五首·其五》中有"身许麒麟画，年衰鸳鹭群"的诗句，宋代方岳曾在《赠写照吴生》中写下"几人堪画麒麟阁，万事不如鹦鹉杯"的诗句。宋代范成大《次韵徐提举游石湖三绝》有诗句："天上麒麟翰墨林，当家手笔擅文心。"

麒麟不仅出现在诗歌的长河中，还经常在文物考古现场"出镜"。目前出土的文物中，河南辉县春秋战国铜壶上有麒麟图案，即鹿角，羊头，偶蹄，牛尾；洛阳西郊东汉墓神兽镜，图案上的麒麟独角似羊；北魏《元晖墓志》四神纹中的麒麟是马蹄，牛尾，头生一角，脚踏山峦；河南邓州出土的南朝彩色画像砖墓有一块"麒麟画像砖"，画面上的麒麟造型灵巧生动，身着白色，口内涂红，它左前蹄高跨，右后蹄略抬，似疾飞奔驰；山东曲阜孔庙有一块宋代石碑，装饰花边上的麒麟是鹿头,双角,偶趾牛蹄,马尾,通身披鳞。

麒麟文化在儒家思想中占有重要地位,人们在麒麟身上寄托了儒家与人为善、宽以待人的理念,并被寄予了贤明圣君的政治想象。仁厚美德、动静有仪的麒麟成为古代灵兽和祥瑞的象征。麒麟是中华民族吉祥、和谐的形象大使,愿如麒麟般的公子、公姓、公族多一些,愿中华传统文化持久地滋养人心,愿中华民族兴旺发达,长盛不衰。

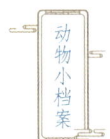

长颈鹿

Giraffa camelopardalis

目、科、属：偶蹄目长颈鹿科长颈鹿属

俗名：麒麟

形态描述：雄性体高6~8米，肩高3.3米，头躯干长4.3米，尾长1米左右，体重550~1930千克，平均为800千克。雌雄性头部都有1~2对外包皮肤和茸毛的小角。眼大而突出，位于头侧上位，睫毛长，舌长

现状：中国无野生长颈鹿

走兽篇
兽中有人性
形异遭人隔

鼠
与人类的爱恨情仇

硕鼠硕鼠,无食我黍!三岁贯女,莫我肯顾。
逝将去女,适彼乐土。乐土乐土,爱得我所。
硕鼠硕鼠,无食我麦!三岁贯女,莫我肯德。
逝将去女,适彼乐国。乐国乐国,爱得我直。
硕鼠硕鼠,无食我苗!三岁贯女,莫我肯劳。
逝将去女,适彼乐郊。乐郊乐郊,谁之永号?

——《魏风·硕鼠》

扫码获取
· 本诗注释
· 动物照片
· 动物声音
· 原文朗读

087

《魏风·硕鼠》是《诗经》中的名篇，是表现劳动人民不堪忍受暴敛重赋，渴望安居乐业的诗。此诗反映了劳动者对贪得无厌的剥削者的痛恨以及对美好生活的向往。诗人形象地把剥削者比作又肥又大的老鼠，表现他们贪婪成性、油滑狡诈，从不考虑别人的死活，以致劳动者无法在此继续生活下去，而要去寻找他们理想中的乐土。全诗三章，每章八句，以硕鼠比喻剥削者，精当贴切，寓意较为直白，在情感表达上，有一唱三叹之妙。

古人常说："滴水之恩，当涌泉相报。"可惜，这只是君子的做法，"硕鼠"般的剥削者不会接受这一套，他们高高在上，不顾念平民百姓的死活，变本加厉榨取他们的血汁。吃光黍、麦之后，连尚未成熟的庄稼幼苗也不放过。

由于不堪忍受重赋和剥削，农民们希望找到一个自耕自足、不受压迫的地方，那是他们心中美好的乐土。"土"是指人类脚下这片广袤的大地；而"国"是指某一个区域、属地；"郊"就是更远处的小地方。或许，每章最后两句正透露出理想之邈远，难以企及。安居乐业的桃花源在哪里呢？能逃到哪里去呢？

"鼠"除了出现在《魏风·硕鼠》这篇广为人知的诗歌中，还频频"现身"《诗经》其他篇目。虽然出现的次数多，但鼠的形象意外地统一，都寄托着上古先民极大的厌恶之情。

《鄘风·相鼠》与《魏风·硕鼠》一样，巧妙地"指桑骂槐"，看起来在骂老鼠，其实在骂统治者："相鼠有皮，人而无仪。人而无仪，不死何为？相鼠有齿，人而无止。人而无止，不死何俟？相鼠有体，人而无礼。人而无礼，胡不遄死？"这首诗以更直接、更露骨的语言和更强烈的感情，咒骂寡廉鲜耻的在位者。他们"无仪""无止""无礼"，以虚伪的礼节欺骗民众，民众深恶痛绝，斥责他们不得好死。

来看看硕鼠、相鼠到底是什么样的？

《尔雅》中记载"鼫鼠"一条有郭璞注："形大如鼠，头似兔，尾有毛，青黄色，好在田中食粟豆，关西呼为鼩鼠。"《本草纲目》卷五十一讲到"鼫鼠"："（释名）硕鼠与鼫同。出《周易》。"按古籍记载硕鼠更有可能是大仓鼠。

大仓鼠是啮齿目仓鼠科仓鼠属动物，又称大腮鼠、搬仓鼠等。大仓鼠在老鼠族群里可谓"大高个"，体型比其他老鼠都健硕，躯体粗壮，四肢短粗，体长14~18厘米。头吻宽大，颊囊发达。尾巴又粗又长，

大仓鼠

基部膨大，无鳞环，尾毛稀疏，尾部皮肤显露。它的耳朵又短又圆，一双小小的眼睛滴溜溜地转动，好像随时准备偷点什么东西回家藏着。它的背部毛色为灰黄褐色，腹毛较背毛短，颔、喉部毛为纯白色，向后至基尾为灰白色。

大仓鼠脾气不太好，性情凶残，粗野好斗，遇敌时常主动扑击。繁殖交尾时，强壮的雄鼠攻击并咬杀较弱的雄鼠，然后吃掉它。

它们广泛分布于平原、丘陵、山地等各类地形。在农田、田间荒地、道旁、田埂、河谷、林缘均有栖息。它们最喜欢住在食物来源充足、地势干燥的环境中。它们吃的东西也很复杂，主要取食农作物的种子及农作物的茎、叶等绿色部分。

大仓鼠繁殖力极强。每年2~4胎，每次产仔8~10只居多，最多可达15~18只。大仓鼠广泛分布于我国北方地区，是我国北方农区的主要害鼠，还是一些传染病的带菌（鼠疫杆菌）者。其主要天敌是食肉的兽类，如狐、鼬、猫等，还有多种猛禽。此外，大仓鼠的繁殖量，除受种群密度基数、繁殖强度、年龄组成的影响之外，还与温度、降雨、食物和栖息环境等有关。大雨、暴雨对其繁殖不利，可致使大仓鼠种群数量急剧下降。

成年大仓鼠个体独自穴居，并且练就了一身打洞的技能，简直是"洞穴建筑家"。让我们一起看看，它们建造的洞穴是什么样的。

大仓鼠的洞道比较复杂。洞道总长度可达数米，深入地下1~2米，占地面积达2~3平方米。每一洞各成系统，由洞口和复杂的地下通道、盲道、巢室仓库等组成。有一个出入洞口,直径一般在4~8厘米。垂直洞道向下则为与地面平行或斜向的通道,洞径与洞口径相似,仓库位于通道的末端。巢室直径15~35厘米,用捡来的碎草枯叶等筑巢。仓库直径往往大于巢室。不可思议的是,大仓鼠竟然还会将不同食物进行分类,存贮在不同仓室中,每一洞有3~4个仓库不等。原来老鼠看着好像不爱干净的样子,其实是隐藏的"家居整理师"。

除出入洞口外,还有临时洞口数个和一个掘进洞口。掘进洞口是大仓鼠在新建洞时,从外向内打洞时的洞口。由于将大批废土向外推出,该口被堵塞并形成一个土堆,直径40~70厘米。农民常根据此判断是否有大仓鼠居住,如果在土堆附近有浑圆光滑的洞口,就可以证明是大仓鼠的洞穴。

洞口的多少与居住时间长短有关,居住时间越长,洞系越复杂。临时洞口下常堆弃一些烂粮和枯草等,但必留一个洞口逃跑时备用。

大仓鼠喜欢在夜间活动,白天绝少出洞。秋天,农民丰收的日子,也是大仓鼠最忙碌的日子,它们钻进堆满大豆、玉米等粮食和种子的粮仓,秉持"见一个拿一个"的原则,在夜深人静的时候,一趟一趟,跑进跑出,和人类抢口粮,把粮食、种子都搬到窝里储存。所以,农民特别讨厌它。饥荒年代,村里有些家庭缺粮,他们就到地里寻找仓鼠窝。从一个窝里可以挖出1~2斗粮食,以此法解决糊口之急。

人类和老鼠,从来都不是单方面的憎恶。

《召南·行露》是《诗经》中比较特别的一首五言诗:"谁谓

鼠无牙？何以穿我墉？谁谓女无家？何以速我讼？虽速我讼，亦不女从！"该诗的意思是："谁说老鼠没有牙？ 何以钻透我的墙？谁说你还没有家？为何逼我上公堂？虽然逼我上公堂，也不嫁你黑心郎！"

《召南·行露》是借鼠穿墙起兴，描写一个意志坚强的女子拒绝无理婚姻的诗。即使自己被逼上公堂，被诉讼有罪，也决不嫁给这个男子，态度十分坚决。全诗语言犀利，风骨遒劲，语调高昂，从中可看到女性的不畏强暴的抗争精神。

鼠的种类非常多，常见的有褐家鼠、黄胸鼠、黑家鼠、小家鼠、黑线姬鼠、巢鼠、鼹鼠等。单称鼠有泛指鼠类之意，但是结合《召南·行露》的诗义，此鼠常穿墙凿壁，是常见的家鼠，人人都讨厌它。故以

鼹鼠

常见的，喜欢住在人的房子里和各类建筑物中的褐家鼠释之。

褐家鼠外形粗壮，雄性体重133克左右，体长13.3~23.8厘米；雌性体重106克左右，体长12.7~18.8厘米。和大仓鼠不同，褐家鼠的尾巴比身体短，尾毛稀疏。耳朵又短又厚，向前折不达后眼角。身体为灰褐色，到了年老时，通常呈现赤褐色，像人类老年会有老年斑一样。它们的腹面灰白色，毛基部为灰褐色。四只脚是白色。尾巴竟然有两种颜色：上黑下淡褐色。但有一些褐家鼠尾巴的两种颜色区分不是很明显，几乎全为暗褐色。

褐家鼠栖息于住宅、粮仓、屠宰场、饲养场周围、阴沟、厕所，以及田野、果园、甘蔗地、草原、谷草堆中和小河岸边等各种生境。它是我国北方房屋中的常见种类，在南方多栖息室外。它们通常夜间活动，从傍晚开始到午夜前最为活跃。它们有户内外迁徙现象，4月间由室内到户外活动，10月份又大量转入室内。褐家鼠的繁殖力极强，孕期一般20~22天，每年平均繁殖6~10胎，每胎常为5~14仔或更多。

它们白天也活动，但不如夜间频繁。它们一点儿也不挑食，除了取食农作物种子、瓜类和蔬菜等植物外，还常捕食蛙类、昆虫、螳螂、蜥蜴、死鱼和小型鼠类，有时也盗食小鸡、小鸭。褐家鼠可以说是"游泳健将"，它们善游泳和潜水。在我国除新疆和西藏外，南北各地均有分布。它是鼠疫等传染病原体的携带者，被称为"四害"之一。

无论是大仓鼠还是褐家鼠，在古人的笔下，多是负面形象。唐代李商隐《夜半》有诗句："斗鼠上堂蝙蝠出，玉琴时动倚窗弦。"宋代陆游《嘲畜猫》有诗句："但思鱼餍足,不顾鼠纵横。"宋代黄庭坚《乞猫》有诗句:"秋来鼠辈欺猫死,窥瓮翻盘搅夜眠。闻道狸奴将数子,买鱼穿柳聘衔蝉。"老鼠横行霸道,甚至猖獗到敢欺负抓它们的猫,也难怪人类厌恶它们了。元代王冕《画猫图》有诗句:"花林蜂如枭,禾田鼠如虎。"这句诗既写出禾苗田地里猖獗的鼠患,也是性格孤傲、鄙视权贵、同情人民苦难的大画家王冕借老鼠讽刺贪官污吏。

说起老鼠,就不得不提到这个问题:十二生肖中,老鼠为什么能排在首位?在最广为人知的民间故事版本中,黄帝以"先到先得"为原则,号召所有的动物在国家初建之时登记十二生肖,所有的动物都起了大早,匆匆赶往目的地,只有老鼠例外,它找到了一条捷径,藏在牛背上。当黄帝开始下令时,站在牛背上的老鼠跳了下来,排在牛前面,被命名为十二生肖之首。在其他版本中,据说老鼠忘记叫醒猫,因此猫失去了被列入十二生肖的资格。从那以后,它们的友谊就结束了,成了敌人。

比较科学的解释是十二生肖以十二地支为基础。古人根据对木星轨道的观测发明了这一系统,木星的公转周期为12年。因此,木星在中国古代也被称为"岁星"。中国人给每一个地支命名,用它们来标记年、月、日以及一天中的不同时间。十二生肖的顺序是根据动物一天的习惯和活动时间来确定的。例如,老鼠通常在午夜前后出来活动,因此它被安排在地支的首个,用来指23点到1点之间的时间。

同样的,牛排在第二位,因为它在凌晨1点之后开始反刍,而老虎排在第三位,因为人们认为老虎在凌晨3点到5点之间开始四处捕食。十二生肖都以此排序。

民间还有"鼠咬天开"的传说。古语有云:"自混沌初分时,天开于子,地辟于丑,人生于寅,天地再交合,万物尽皆生。"传说天地之初,混沌未开,老鼠勇敢地把天咬开一个洞,太阳的光芒终于出现,阴阳就此分开,民间俗称"鼠咬天开"。清人刘献延《广阳杂记》中记载:"子神鼠破混玄,天开;从警,戒身以平安;从捷,迅足以登先;应万物之灵,吐物华天宝之兽。"寥寥数字便生动概括了鼠的灵性。

不只诗歌、传说,其他文学题材中也常见鼠的身影,比如《西游记》中的金鼻白毛老鼠精,它长得花容月貌,在陷空山无底洞落草为妖。它先是假扮成一名受难的女子,自缚在树上,骗唐僧师徒搭救,后利用替身术摄走唐僧成亲,最终被孙悟空请来李天王父子和天兵缉拿回天宫。

《聊斋志异》的《阿纤》篇,鼠仙变成的阿纤勤劳贤惠善良,为三郎家作出很大贡献。但还是被怀疑,蒙受不白之冤。幸亏三郎一直相信她,排除一切阻力接回了她,一家人才过上了平静幸福的日子。

《红楼梦》中,贾宝玉给林黛玉讲了一个耗子精的故事。小耗子摇身一变,竟变成一个最标致的小姐。众耗子忙笑说:"错了,原说变果子,怎么变出个小姐来了呢?"小耗子现了原形笑道:"我说你们没见过世面,只认得这果子是香芋,却不知盐课林老爷的小姐才是真正的'香玉'呢!"

耗子本不美,可一进入文学家的笔下,却意趣盎然。

著名画家齐白石喜欢画鼠,因为属鼠,还自称"鼠画家"。他笔下的老鼠或狡猾可喜,或机敏伶俐,或贪婪可笑,无不幽默诙谐,夸张稚拙,每一幅画都洋溢着烂漫的童趣。

画家内心老顽童般的天真诙谐,暗含讥讽的世事洞达,都体现在情态各异的鼠身上。时代已远,艺术不朽。

走兽篇
兽中有人性
形并遗人隔

动物小档案

大仓鼠

Tscherskia triton

目、科、属：啮齿目仓鼠科仓鼠属

俗名：大腮鼠、搬仓鼠

形态描述：体型较大，是仓鼠属中体型最大的种类，体长14厘米以上。头吻宽大，颊囊发达。尾长约为体长一半。躯体肥胖，四肢短粗

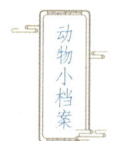

褐家鼠

Rattus norvegicus

目、科、属：啮齿目鼠科大鼠属

俗名：大家鼠、沟鼠、白尾鼠

形态描述：体长约 17.5 厘米。尾长短于体长，长于 33 毫米。后足较粗大。雌雄均毛色背部棕褐至灰褐色，毛基部深灰色，头及背部杂有黑色毛。腹面灰白色，毛基部灰褐色。足背具白毛。尾两色，上黑褐，下灰白

走兽篇
兽中有人性
形异遣人隔

麋与鹿
纯真年代,礼寄深情

野有死麋,白茅包之。有女怀春,吉士诱之。
林有朴樕,野有死鹿。白茅纯束,有女如玉。
"舒而脱脱兮!无感我帨兮!无使尨也吠!"

——《召南·野有死麋》

扫码获取
· 本诗注释
· 动物照片
· 动物声音
· 原文朗读

《召南·野有死麕》是一首真诚、大胆又热烈的爱情诗。青春帅气的男子对纯洁如玉的女子展开了追求,在婉转而深入的交往中,两人的关系日渐亲密。全诗三章,前两章以叙事者的口吻旁白男女之情,朴实纯真。青年男子以所猎的獐和鹿作为礼物献给姑娘,终于获得渴望已久的爱情。男子求婚时必须献上所获猎物,以显示自己的勇猛,是古时的一种习尚。年轻猎手献上亲手所获的獐、鹿,显示了自己的实力和诚意,自然得到少女的芳心。末章描述女子与猎手幽期密约时的微妙心理,生动而隽永。

这是在诗经时代,爱情的表达是纯真又直率的,两人在一起相处时肯定会有亲昵的举动,但是姑娘很害羞,她劝小伙子不要过分着急,慢慢地来。这或许是姑娘的欲拒还迎之辞,又或是姑娘羞怯之情的流露,由此可见"无使尨也吠"是承接上句"无感我帨兮"而来,是告诫小伙子动作要注意分寸,要适可而止,要不然就会惊动小狗,引起别人的注意。这样的结尾给人留下了无限遐想的空间,犹如神来之笔,意味隽永,余音袅袅。

猎人是《诗经》中经常被赞美的对象。《国风·郑风》中的《叔于田》和《大叔于田》中的"叔"就是一位善射善御的能手。《叔于田》中说:"叔于狩,巷无饮酒,岂无饮酒?不如叔也。洵美且好!"《大叔于田》中说:"叔于田,乘乘马。执辔如组,两骖如舞。叔在薮,火烈具举。袒裼暴虎,献于公所。将叔无狃,戒其伤女。"如临其境,如见其人。

《召南·野有死麕》中的猎物——麕和鹿是猎人的劳动成果。小伙子借这份礼物在心仪的姑娘面前献殷勤,是非常有诚意的,这要比花言巧语强多了,或许这份贵重的礼物会叩开姑娘的芳心。可以想象,猎人为了能博得姑娘的青睐,为这次的狩猎肯定做了不少准备,要准备好弓箭,要到山林里观察,要等待时机,要具备足够的体力、勇气与耐心。

白茅在周代就是祭祀中用来沥酒的祭品,非常珍贵。猎人在打到猎物后,特意用白茅草把猎物包裹起来,从这一细节可以看出来,他做起事情来有条不紊,在这份送给心仪的姑娘的礼物上花了很多心思,就像我们现在购买礼物一样,会配上精美的包装。可以想象,当这位猎人用白茅草将猎物包裹起来,送给心仪的姑娘的时候,姑娘会很惊喜。

姑娘听着小伙子讲述他打猎过程中的各种奇遇,那么新鲜有趣,她不禁心驰神往。这在无形中又会增加姑娘对小伙子的好感,拉近彼此的距离。

"择食麇相唤,无人意不惊"

《召南·野有死麇》诗中的麇即麞,麋与獐同义。关于麇,古书中有记载,《毛诗音义》引《草木疏》中说:"麇,麕也,青州人谓之麇。"朱熹《诗集传》考证:"麇,獐也。鹿属,无角怀春,当春而有怀也。"

《本草纲目》卷五十一"獐"篇中讲得很清楚:"(释名)麇(音君),亦作麕。'时珍曰'猎人舞采,则獐、麇注视。獐喜文章,故字从章。陆氏曰：'獐性惊，故谓之獐。又善聚散，故又名麇。囷，圆仓也。'《尔雅》云："麇，牡曰麌，牝曰麜，其子曰麆。大者曰麈，古语云"四足之美有麆"是矣。'"又："'时珍曰'獐，秋冬居山，春夏居泽。似鹿而小，无角，黄黑色，大者不过二三十斤。雄者有牙出口外，俗称牙獐。其皮细软，胜于鹿皮，夏月毛毡而皮厚，冬月毛多而皮薄也。"

李时珍认为，獐这种动物长得像鹿，但是体型比鹿小，没有角，全身是黄黑色，最大的獐也才二三十斤，雄獐有一对牙齿露出嘴外，所以獐有个俗名叫"牙獐"。它们喜欢群居，容易受惊，春夏居住在水边，秋冬居住在山中。而且，它们的皮比鹿皮更细更软。

獐是偶蹄目鹿科獐属的动物，又称牙獐、獐子、河麂等。体长91~103厘米，体重14~17千克。它们的体毛又粗又长又脆，颜色多样，体背和体侧的毛为棕黄色，后上部是白色，下端是灰黄色，腹部中央是淡黄色，四肢棕黄色。幼獐背毛有浅色斑点，纵向排列。雄獐有獠牙。獐的耳朵相对比较大，而且直挺挺地竖立在脑袋两边，耳朵根部有两条软骨质的脊突。鼻端裸露。它们的尾巴非常短，长度只有6~7厘米，被臀部的毛遮盖，四肢壮而有力。

獐现为中国《国家重点保护野生动物名录》二级保护动物。

獐栖息于河岸、湖边、湖中心草滩、海滩芦苇或茅草丛生的环境，总是选择附近有水的生境，多单独活动，以晨昏活动最为频繁。行动灵敏，善跳跃，能游泳。以灌木嫩叶及杂草为食，常至附近农田吃蔬菜、豆科作物及薯叶。分布于我国浙江、江苏、安徽、江西、福建、广东、

走兽篇
兽中有人性
形异遗人隔

麝

獐

103

广西、四川、湖北等省区。

古人经常把獐和麝混为一谈,这两种动物长得也确实相似。不过,可千万不要认错了。

《本草纲目》说:"獐无香,有香者麝也,俗称土麝,呼为香獐。"首先,区别二者的是有无特殊的体味。我们都知道麝香是从古至今人们都在使用的一种香料,这种香料就是从麝身体中提取出来的。而獐没有特殊体味。其次,看这两种动物的外形:麝的四肢细长,主蹄狭尖,侧蹄显著;而獐壮且有力,蹄不长。从毛色上看,麝的背后通常有土黄色的斑点,排列成四五纵行;而獐背部的毛色则完全一致。

善良的獐常存在古代的诗词中。宋代赵抃《次韵三司蔡襄芦雁獐猿二首·其二》:"獐狸猿驯遂性情,恍然疑不是丹青。"宋代陆游《两獐》:"吾园畜两獐,善惊未易驯。"宋代郑獬《獐猿》:"黄獐引脰探绿叶,老猿护雏枝上惊。"这些诗句写出了獐生性胆小容易受惊,难以驯服,善于隐藏,主食杂草嫩叶,等特性。

"树深时见鹿,溪午不闻钟"

《召南·野有死麕》诗中"野有死鹿",提到另一种动物"鹿"。

鹿科是哺乳纲偶蹄目的一科动物。鹿科的种类很多,以常见的梅花鹿释之。梅花鹿是鹿科鹿属草食性动物,又称花鹿,体长约有1.5米,肩高约90厘米。毛色在夏季为棕栗色,其上有许多状似梅花的白斑点,故名。冬季为棕灰色、棕黄色或烟褐色,腹部毛为白色。背部有深棕

走兽篇 兽中有人性 形并遣人隔

鹿

色的纵纹。雄鹿有角，每年 4~5 月份旧角脱落，长出茸角，之所以叫"茸角"，因为角的外面裹着天鹅绒状的茸皮。雌鹿无角，耳大而直立，颈细长，颈和胸部下方有长毛。尾短，臀部有明显白斑。四肢细长。鹿多为野生，但古代也有养鹿的记载。

野生鹿栖息于山区或丘陵地带的混交林、草原和森林边缘附近。冬季多在山地南坡活动，春季多出没于旷野，到了夏季又到密林中。一般在早晨及黄昏时活动较多。其食物包括青草、树叶、嫩芽、树皮、苔藓等，夏季有喜舔食盐碱地或饮食含盐水的习性。

鹿是群居动物。雄鹿在春季生茸期间多另组成小的成雄群或离群单独活动。秋季繁殖季节雌雄性发情，吸引成雄群加入鹿群，组成 10~20 只的交配群。

梅花鹿分布于我国东北、华北、华东、华南等广大地区。1998年出版的《中国濒危动物红皮书：兽类》记载："全国野生梅花鹿总数也不过千余只。"为了保护这珍贵的物种，梅花鹿（野外种群）已被列为中国《国家重点保护野生动物名录》一级保护动物。现在人工饲养的较多，繁殖较普遍。

诗中先言"林有朴樕，野有死鹿"，再说"白茅纯束，有女如玉"，让人联想到梅花鹿迷人的眼睛，想到如玉般白皙莹洁的女子，正是这位"如玉"的女子深深地吸引小伙子，小伙子才会"吉士诱之"，我们可以将"吉士诱之"理解成小伙子对姑娘展开了强烈的追求，这样诗意就通顺了。

小鹿惹人喜爱，它的身影和声音也留在诗的长河中。《小雅·鹿鸣》有诗句："呦呦鹿鸣，食野之苹。"

《小雅·鹿鸣》作为早期的宴会乐歌，后来成为贵族宴会或举行乡饮酒礼、燕礼等宴会的乐歌。全诗共三章，开头皆以鹿鸣起兴。在空旷的原野上，一群鹿悠闲地吃着野草，不时发出呦呦的鸣声，此起彼伏，十分和谐悦耳。诗以此起兴，便营造了一个热烈而温馨的氛围。东汉末年曹操还把此诗的前四句直接引用在他的《短歌行》中，"呦呦鹿鸣，食野之苹。我有嘉宾，鼓瑟吹笙"，以表达求贤若渴的心情。及至唐宋，科举考试后举行的宴会上，也歌唱《小雅·鹿鸣》之章，称为"鹿鸣宴"。可见此诗和"鹿鸣"意境影响之深远。

唐代顾况《游子吟》有诗句："鹿鸣志丰草，况复虞人箴。"唐代温庭筠《重游圭峰宗密禅师精庐(一作哭卢处士)》有诗句:"暂对杉松如结社,偶同麋鹿自成群。"唐代白居易《自题写真》有诗句:"蒲柳质易朽,麋鹿心难驯。"唐代柳宗元《秋晓行南谷经荒村》有诗句:"机心久已忘,何事惊麋鹿。"唐代李贺《兰香神女庙》有诗句:"走天呵白鹿,游水鞭锦鳞。"唐代元稹《桐花》有诗句:"君若傲贤隽,鹿鸣有食芩。"

古人通常将"獐"和"鹿"放在一起提及。怎么区分獐和鹿呢?

第一,它们都是鹿科的食草动物,但分属于獐属和鹿属。第二,鹿的四肢细长,长度一致;獐是前肢短,后肢长。第三,鹿通常雄鹿有角,有的种类雌雄性都有角或都无角;獐没有角。

獐和鹿,都是古人求亲的时候必备的聘礼,诗中引用獐和鹿含义深刻。早在远古时代,鹿就是人们崇拜的对象。因此,古人早有婚礼纳征用鹿皮为贽的风俗,这除了鹿皮本身的珍贵实用之外,还与它繁衍子孙的象征意义有极大的关系。《仪礼》卷四"士昏礼第二"记载:"纳征,玄纁,束帛,俪皮,如纳吉礼……俪,两也,执束帛以致命,两皮为庭实。皮,鹿皮。"即在婚礼六礼中的第四礼"纳征"礼上,男方派人送黑色和浅红色的帛十端和一对鹿皮作为聘礼到女方家。正因如此,鹿也成为男性对女性表达爱慕之情的媒介。

庆祝、欢庆的"庆"(慶)字也与鹿相关。《说文解字》解释说:"慶,行贺人也。从心,从夂。吉礼以鹿皮为贽,故从鹿省。"意思是说:庆,带礼前往,向他人祝贺。字形用"心、夂"表义。嘉礼用鹿皮包装，字形采用省略了"比"的"鹿"作偏旁。

美丽的"丽"字，甲骨文中即有此字，形状是长着双角的鹿。鹿身上斑驳的花纹、光滑的皮肤、健壮的四肢，在古人看来，这就是美丽的象征。

有一个成语叫"鹿车共挽"，旧时称赞夫妻同心，安贫乐道，出自《后汉书·鲍宣妻传》。还有一个成语叫"鸿案鹿车"，鸿案指东汉梁鸿与妻子孟光举案齐眉的故事，也是比喻夫妻之间相互尊重，相互体贴，同甘共苦之意。

马致远《汉宫秋》中有句唱词："您但提起刀枪，却早小鹿儿心头撞。"小鹿乱撞一词后来多用于形容男女之间怦然心动的感觉。这也恰似《召南·野有死麇》中的纯真恋情。

走兽篇
兽中有人性
形异遭人隔

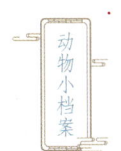
动物小档案

獐

Hydropotes inermis

目、科、属：偶蹄目鹿科獐属

俗名：牙獐、河鹿等

形态描述：体长91~103厘米，尾长6~7厘米，体重14~17千克。两性都无角，雄獐上犬齿发达，突出口外成獠牙。无额腺，眶下腺小。耳相对较大，尾极短，被臀部的毛遮盖。毛粗而脆。幼獐毛被有线色斑点，纵行排列

现状：已列为国家二级保护动物

109

动物小档案

梅花鹿

Cervus nippon

目、科、属：偶蹄目鹿科鹿属

俗名：花鹿

形态描述：夏毛棕栗，背中央脊纹深棕，冬毛棕褐，脊纹黑色。雄鹿有角，雌鹿无角。成、幼鹿均有成行的白斑，臀斑白色。尾短

现状：国内记录的6个亚种，华北、山西和台湾3个亚种在野外已经绝灭

走兽篇
兽中有人性
形异遵人隔

牦牛
高原上的"神牛"

子之干旄，在浚之郊。素丝纰之，良马四之。
彼姝者子，何以畀之。
子之干旟，在浚之都。素丝组之，良马五之。
彼姝者子，何以予之。
子之干旌，在浚之城。素丝祝之，良马六之。
彼姝者子，何以告之。

——《鄘风·干旄》

扫码获取
- 本诗注释
- 动物照片
- 动物声音
- 原文朗读

《鄘风·干旄》是一首真心诚意招贤纳士的诗。全诗共三章，每章六句。采用赋法，直言铺叙，直抒胸臆，内容回环复沓，随着距离目的地越来越近，求贤阵容越来越强大，感情越来越强烈，巧妙地表现出诗中大夫求贤若渴的迫切心情。古往今来，君王治国平天下少不了贤人的倾力相助，尤其是能"运筹帷幄之中，决胜千里之外"的贤人，因此君王不惜花尽心思，以隆重的场面和丰厚的回报吸引贤才。这首诗的主旨对后世影响深远。

《毛诗序》认为《鄘风·干旄》主旨是"美卫文公臣子好善说"，朱熹《诗集传》认为是"卫大夫访贤说"，也有现代学者持"男恋女情诗说"。

公元前660年，卫戴公去世，卫文公继位，他是春秋时期卫国第二十任国君。卫文公在位初期，减轻赋税，慎用刑罚，发展农耕；重视手工业和文化教育事业；任用有能力者为官；与中原各诸侯国结交会盟；发展军事势力，使战车从三十辆增至三百辆，并出兵征服邢国。

而《鄘风·定之方中》所描写的正是新继位的卫文公营建楚丘的历史场景。卫文公重建卫国的第一件事，就是再立宗庙。这就是《鄘风·定之方中》第一章所描述的内容：

"定之方中，作于楚宫。揆之以日，作于楚室。""定"指的是"定星"，其在十月之交，昏中而正，宜筑造宫室，所以又名"营室星"。这时候所修建的就是"楚宫"和"楚室"。之所以用"楚"命名，并不是和楚国有关，而是卫国新建的国都选址在"楚丘"。具体位置在今天的安阳滑县地界。

"树之榛栗,椅桐梓漆,爰伐琴瑟。"楚丘宫庙等处种植了"榛栗",这两种树的果实可供祭祀;种植了"椅桐梓漆",这四种树成材后都是制作琴瑟的好材料。古人大兴土木兼顾人文景观与自然景观,这对今天也是一种启发。"爰伐琴瑟",十年树木,百年树人,立国之初就考虑到礼乐教化,可见卫文公的深谋远虑与充满自信,由此让人品味出诗中隐喻的褒美之意。

"升彼虚矣,以望楚矣。望楚与堂,景山与京。降观于桑,卜云其吉,终然允臧。"接着,卫文公登上漕邑故墟,眺望楚丘。"望楚"的重复,说明卫文公端详得极其细致,慎重而又周全。此外,还考察了附近的堂邑和大小山丘。这显示卫文公有丰富的堪舆知识。"观"是"降观",下到田地察看是否宜耕宜渔。这都是有关国计民生的根本大计,作为贤君自然不会疏忽。这五句从"登"到"降",从"望"到"观",全景扫描,场面宏远,在广阔雄伟的背景上刻画出既高瞻远瞩又脚踏实地的卫文公形象。最后两句写占卜,经"天意"认可,人事才算定局。

"灵雨既零,命彼倌人。星言夙驾,说于桑田。匪直也人,秉心塞渊。骙牝三千。"卫文公重视农业生产,亲自劝耕督种。"好雨知时节",有一天夜里春雨绵绵滋润大地,黎明时分天转晴朗,卫文公起身,披星戴月,吩咐车夫套车赶往桑田。正因为脚踏实地,不做表面文章,才使卫国由弱变强。

作为卫国的中兴之主,卫文公在他此后二十五年的执政生涯中一扫上一任君主卫懿公的荒唐昏聩，带领国家走向了复兴的正确道路。《左传》说："卫文公大布之衣、大帛之冠，务材、训农，通商、惠工，敬教、劝学，授方、任能。元年，革车三十乘；季年，乃三百乘。"

卫文公率领卫国人建造宫室宗庙，观察桑田水土，考量耕种蚕渔，重建美好家园。这位胸怀广大的仁君，勤于政事，深谋远虑。

恐怕也只有这样的君主，才能如《鄘风·干旄》中描述的那样心怀虔诚，招贤纳士。大夫出行，车马隆隆。旗帜鲜明，高高飘扬。此诗以干旄、干旟、干旌，良马四之、良马五之、良马六之，渲染招贤纳士的盛况。

诗中的干旄，"旄"与"牦"同，指牦牛尾饰做的旗杆，竖于车后，显示威风。

李时珍《本草纲目》卷五十一记载："（释名）犣牛、犏牛。时珍曰：'旄与牦同。或作毛。'又曰：'牦牛出甘肃临洮及西南徼外，野牛也，人多畜养之。状如水牛，体长多力，能载重，迅行如飞，性至粗梗。髀、膝、尾、背、胡下皆有黑毛，长尺许。其尾最长，大如斗，亦自爱护，草木钩之，则止而不动。古人取为旌旄，今人以为缨帽。毛杂白色者，以茜染红色。'"根据李时珍的描述，牦牛在很早之前就被人类当运输工具了，它长得像水牛，毛色发黑且长，体型健硕，力气大。

牦牛是偶蹄目牛科牛属草食性哺乳动物。古称犣牛、旄牛、犣牛、犏牛等。野牦牛一般全身呈褐色，两性均有角，雄性的角较大。体长2.5~3.2米，肩高1.8~2米，体重500~820千克。肩部中央有显著凸起的隆肉,站立时略显前高后低。体侧下部、肩部、胸腹部及腿部均披长达 40 厘米以上的长毛。尾端长毛形成簇状。

野牦牛为家牦牛的祖先,二者的区别在于野牦牛的体型比家牦牛约大 1 倍,角和蹄也相应粗大。野牦牛性情凶猛,人们一般不敢轻易招惹它,触怒了它,它会以 10 倍的牛劲疯狂冲过来,有时还会把汽车撞翻。2011 年,我国野牦牛种群数量在 3~5 万头。2021 年,野牦牛被列入《国家重点保护野生动物名录》一级保护动物。

在偏远山区,发现过家养雌性牦牛逃跑后与野牦牛混居的现象。偶尔,雄性野牦牛也会跑到家牦牛群中寻找雌牛交配。牧民们对野牦牛的感情十分复杂。他们希望有健硕的雄性野牦牛混进家牦牛中,交配并繁衍后代,因为野牦牛的基因能够改善家牦牛的基因,使家牦牛获得强壮的体魄、持久的耐力和硕大的力气。但是,他们又讨厌野牦牛干预人类对家牦牛的圈养秩序。在需要贩卖牦牛的季节,人类一旦发现野牦牛出现在自家牧场周围,就会用扔石块、敲锣等方式,恐吓、驱赶野牦牛。

人渴望而惧怕着野牦牛与生俱来的野性。野牦牛不懂人类善变的情感和行为,它孤独地站立在高原荒凉的岩石之上,久久凝望着,望向那些曾经和它一样自由的灵魂,这些同类如今却被圈养在人类的皮鞭之下。它尝试走近家牦牛,想要改变或解救它们,可它遭到了家牦牛们的冷落,受到人类的驱逐。一次又一次,它的靠近与转身,最终化作妥协地仰头一声哞叫,落败般融入高原呼啸不绝的风声中。

牦牛起源于欧亚大陆的东北部,从中国华北、内蒙古,以及西伯利亚、阿拉斯加等地发现的牦牛化石考证,无论现今分布在我国青藏高原北部昆仑山区的野牦牛,或是由野牦牛驯养而来的家牦牛,都是距今三百多万年前分布在欧亚大陆东北部的原始牦牛的后代。中国是世界牦牛的发源地,全世界90%的牦牛生活在我国青藏高原及毗邻的6个省区。

家牦牛自古至今是青藏高原牧区的优势种家畜和当家畜种,具有顽强的生命力。家牦牛全身都是宝。藏族人民衣食住行都离不开它。人们喝牦牛奶,吃牦牛肉,烧牦牛粪。它的皮是制革的好材料,可制作帐篷。它既可用于农耕,又可在高原作运输工具。

古代诗歌中留下了有关牦牛的记忆。明代靖边大将郭登有《甘州即事》一诗:"黑河如带向西来,河上边城自汉开。山近四时常见雪,地寒终岁不闻雷。牦牛互市番氓出,宛马临关汉使回。东望玉京将万里,云霄何处是蓬莱。"这首诗写甘州的民俗风情,甘州即今张掖市,明代曾设甘州卫。黑河发源于甘肃、青海交界的祁连山上,上游为甘州。在这样寒冷的边城,人们牵着牦牛在集市上交易。历史上,生长在这里的马匹、牦牛和鹿一直被作为贡品进献朝廷。因此,张掖的牲畜具有很高的知名度。诗中提到的牦牛很可能是肃南牦牛,这是海拔2600米以上的高寒山区特有的牛种,集中分布在祁连山北麓的高山草原区。从诗中可以看出,当时的牦牛和宛马交易相当繁荣。

牦牛是藏族历史上重要的图腾崇拜物。藏族创世纪神话《万物起源》中这样说:"牛的头、眼、肠、毛、蹄、心脏等均变成了日月、星辰、江河、湖泊、森林和山川等。"这是藏族先民牦牛图腾的神化思维。

牦牛性情温和、驯顺、善良,具有极强的耐力和吃苦精神,对于世代沿袭着游牧生活的藏民族来说,牦牛具有无可替代的重要地位。在恶劣的气候条件下,牦牛以其耐寒负重的秉性,坚韧不拔地奔波在雪域高原,担负着"雪域之舟"的重任,成为坚强勇敢的藏族人民世代繁衍生息、发展成长的生命与力量源泉。

迄今,遍及整个藏族地区的屋宅、墙角、玛尼石堆、寺院祭台上供奉的牦牛头骨,以及藏族宗教艺术和工艺美术当中绣织、彩印绘制的各种牦牛图案,甚至包括宗教祭祀和法事活动中佩戴牛头面具所演示的神牛舞蹈,均证实牦牛图腾崇拜的历史风俗根深蒂固地留存在藏民族的文化生活中。

赛牦牛是藏族的传统体育项目。由经验丰富的牧民驾驭牦牛进行比赛,时间在望果节(秋收前)和响浪节(农历六月中旬)。比赛时,牧民骑手等待于起跑线,发令后即驭牛疾奔200~300米,以先到终点者为胜,获胜者将受到观众的热烈祝贺并获得物质奖励。

相传唐朝初年,松赞干布迎娶文成公主,为了显示吐蕃的强盛和友好,不但派遣了大批骏马组成的马队来到赤岭(今日月山)迎亲,而且娶亲队伍到达玉树后,举行了隆重的欢迎仪式,包括精彩的赛马、马球、射箭、摔跤活动,使久居长安内宫的文成公主大开眼界。黑、白、花各色牦牛组成的赛牦牛活动,使文成公主异常欣喜,忘了背井离乡的忧愁。松赞干布便诏定以后每年赛马的同时,也开展赛牦牛这一富有野趣的活动。

赛牦牛这一天,牧民带着青稞酒、酥油茶和牛羊肉,穿上节日的盛装,把牦牛打扮起来,兴高采烈地参加比赛。赛前,骑手将牦牛精心地洗刷打扮,并在长而弯曲的牛角上系各色彩绸,耳朵上挂鲜艳的条饰,尾巴上系扇形的藏绘,表示吉祥如意、夺魁在望。骑手头戴礼帽,身着藏袍,腰扎红带,足蹬皮靴,干净利落。比赛开始,只见一头一头的牦牛争先起跑,观众呼声阵阵,有的牦牛在观众的呼声中虽然受惊失控,狂奔乱颠,但在骑手高超的驾驭下,终究还是乖乖就范。决赛中获胜的选手,被热情的观众举起卜抛,牦牛也披红戴花,受到青睐。优胜者奖以牛或马,以及茶、布匹等。一场牦牛赛,大多从笑声中开始,在笑声中结束,极具趣味和魅力。

回观《鄘风·干旄》,我们看到这位君子访问卫国的贤人,又担心被拒绝,于是心下揣度"何以畀之",距离目的地越来越近,这种想法越来越强烈,于是"何以予之""何以告之",都是在表达这种担心。毕竟求贤若渴是自己的想法,而贤德之人最大的特点就是,他可能把你看重的爵位俸禄不当一回事,他可能把你允诺的地位财富不放在眼里,但可以确定的是他最看重的是你的人品胸怀是不是值得跟随,像卫文公一样脚踏实地,目光长远;是不是能互相扶持,施展抱负,成就千秋大业,像卫文公一样不辞劳苦,励精图治。

我们看到诗中主人公的诚意,也相信他能求得贤人归。

走兽篇
兽中有人性
形异遭人隔

动物小档案

野牦牛

Bos mutus

目、科、属：偶蹄目牛科牛属

俗名：旄牛、野牛

形态描述：全身一般呈黑褐色，两性均具角，雄性的角较大。体长2.5～3.2米，肩高1.8～2米，体重500～820千克。肩部中央具显著凸起的隆肉，体侧下部、肩部、胸腹部及腿部均披长达40厘米以上的长毛。尾端长毛形成簇状

现状：国家一级重点保护动物

119

貆

珍贵的皮毛是它们的献祭

坎坎伐檀兮,置之河之干兮,河水清且涟猗。不稼不穑,胡取禾三百廛兮?不狩不猎,胡瞻尔庭有县貆兮?彼君子兮,不素餐兮!
坎坎伐辐兮,置之河之侧兮,河水清且直猗。不稼不穑,胡取禾三百亿兮?不狩不猎,胡瞻尔庭有县特兮?彼君子兮,不素食兮!
坎坎伐轮兮,置之河之漘兮,河水清且沦猗。不稼不穑,胡取禾三百囷兮?不狩不猎,胡瞻尔庭有县鹑兮?彼君子兮,不素飧兮!

——《魏风·伐檀》

《魏风·伐檀》的主旨,传统学者认为它是一首嘲骂剥削者不劳而食的诗。也有观点认为它是赞美隐居民间的君子,有功乃肯受禄。这是一首节奏明快、清新愉悦的民歌,诗以河水清起兴,以水流动的变化,"清且涟""清且直""清且沦",比拟君子的德行品性廉洁,恰和在位者的贪鄙敛财,形成鲜明对比。或者说,正是因为在位者无功受禄,贪得无厌,才使得君子不得其位,在民间躬耕自食。

据《庄子·杂篇·则阳》记载:战国时,魏惠王因齐威王违背双方所签订的盟约,打算派人谋刺齐威王。将军公孙衍对此不以为意,认为谋刺是匹夫之勇且和大国身份不符,并表示自己愿意统兵二十万与齐国堂堂正正开战;大夫季子则认为应避免与齐国开战,尽可能地修补两国关系……魏国宰相惠施是个主和派,他推荐了一个叫戴晋人的智者去说服魏惠王。

戴晋人对魏王说:"有种动物叫蜗牛,国君知道吗?"魏王说:"知道。"戴晋人说:"有个国家在蜗牛的左角,名字叫触氏,有个国家在蜗牛的右角,名字叫蛮氏,两个国家正相互为争夺土地而打仗,倒下的尸体数也数不清,追赶打败的一方花去整整十五天方才撤兵而回。"魏王说:"那都是虚妄的言论吧?"戴晋人说:"请问大王,天地之中有无穷尽呢?"魏王说:"没有止境。"戴晋人又说:"在这广阔天地间有一个魏国,在魏国中有一个大梁城,在大梁城里有一个君主。这个君主与那蛮氏相比,有区别吗?"魏王回答说:"没有。"戴晋人辞别而去,魏王心中怅然,若有所失。

戴晋人离开后，惠子见魏惠王，魏惠王说："戴晋人，真是个了不起的人，圣人不足以和他相提并论。"惠子说："吹起竹管，就会有嘟嘟的响声；吹着剑首的环孔，只会有丝丝的声音罢了。尧与舜，都是人们所赞誉的圣人。在戴晋人面前称赞尧与舜，就好比那微弱的丝丝之声罢了。"

这就是"蜗角之争"的故事，是以大见小之道行，与浩瀚无垠、深邃无疆的宇宙相比，我们不仅渺小还是瞬间之物。能够站在宇宙空间的高度来讽刺世间的无谓纷争，真可谓大智慧。

而《魏风·伐檀》中的君子或许就像这个戴晋人。他飘然而来，飘然而去，他或许隐居乡间，或者蜗居 室，或者漫步山林，或者逍遥空谷，看淡功名利禄，风云变幻，内心笃定淡然。他对于外物，与之和谐欢愉；他对于别人，乐于沟通，他混迹人世而又能保持自己的真性情。他清静无为，但只要开口，就能用中和之道使人受到感化。

就是这样一位在乡间隐居的君子，清廉贤明，躬耕自食，并教化地方，深得当地民众的敬仰。人们和他在一起砍伐檀树，将砍伐的檀树放在河岸边稍作休息时，看见清澈流淌、泛着微波的河水，想到他高尚的品德，再联想到剥削者的无功受禄、贪得无厌，不由得发自内心地歌唱。

《魏风·伐檀》中说："胡瞻尔庭有县貆兮？"貆是什么动物？有人认为貆、貉为二物，今从郑《笺》和《尔雅》得知，认为貆是一种叫貉的动物。

走兽篇 兽中有人性 形异遭人隔

貉

古人对"狟"有著述。《毛诗故训传》说:"狟,兽名。"郑《笺》说:"貉子曰狟。"《尔雅》说:"貈,子狟。"《说文解字》说:"貈,似狐,善睡兽。"又:"狟,貉之类。"清代学者郝懿行在他的著作《尔雅义疏》说:"《说文》貈似狐,善睡兽也。借作貉。……《说文》以狟为貈类。诗《伐檀》《笺》貉子曰狟,用《尔雅》也。今栖霞人呼貉为狟,狟貉声相转也。"

貉是食肉目犬科貉属的哺乳动物,又称貉子、土獾、毛狗等。它的长相与狐相似,体形微小,体长 50~65 厘米,体重 4~6 千克。全身肥嘟嘟的,四肢很短,尾巴也很短,只有约 25 厘米。有一个灰棕色的尖嘴。头部两颊有侧生的长毛,吻部、眼上、腮部形成一条界线模糊的黑色纵纹,呈现明显的"八"字形黑纹。周身及尾部覆盖蓬松的毛长,毛的底色是茧黄色、黄褐色或赭褐色,毛尖多为黑色。底绒驼色。两颊连同眼周的毛是黑褐色,形成大型斑纹,斑纹向下经由喉部、前胸连至前肢，或稍转为棕褐色。黑褐色或棕褐色毛发往后通向尾的背面，尾末端黑色加重。趾行性，趾垫发达。

大家逛动物园，经常会把貉错认成浣熊。貉和浣熊长得很像，但浣熊是食肉目浣熊科浣熊属的一种动物，与貉不同。

怎么区分呢？浣熊的眼部至面颊区域有条带状的黑斑，黑斑外面有一圈非常明显的白毛。貉的面部虽然也有黑斑，但黑斑的形状不是明显的带状，也没有明显的白毛。貉生活的地区比较高寒，所以貉的毛发更加蓬松保暖。相比之下浣熊的毛更硬一些。浣熊最大的特征之一就是有显著粗黑色环纹的棒状尾巴，而且这条尾巴较硬，可以作为身体直立时的支撑。貉的尾巴上环纹不显著，较短，不能用于支撑身体。浣熊的前肢灵活，可以用前肢取食。貉的肢体不灵活，只能用嘴巴取食。貉的四肢颜色较深，浣熊的四肢颜色与体色差别不大。

貉的食性复杂，主要取食小动物，包括啮齿类、鸟类、鸟卵、鱼、蛙、蛇、虾、蟹、昆虫等，还食浆果、真菌、根茎、种子、谷物等植物性食料。它们在2~3月间交配，怀孕52~79天（62~63天居多），5~6月产仔，每胎6~8个居多。其种群主要分布于亚洲东部。我国广泛分布于各省区。

貉是重要的毛皮兽，因为貉的毛深厚、温滑，和狐狸毛、貂毛一样，十分保暖，色泽均匀，曾经被人们取了针毛的绒皮制作裘，进而加工成各种各样的衣服、被子等，轻暖而耐久，御寒力强。不仅做衣服，人类还用貉的针毛制造画笔等。人类贪婪地猎杀、剥皮，让貉惨遭"灭顶之灾"，如今，貉在中国的一些地方已经灭绝。它被列为中国《国家重点保护野生动物名录》二级保护动物(仅限野外种群)。

貉生活在平原、丘陵、部分山地、河谷、草原及靠近河川、溪流、湖沼附近的丛林中。穴居,洞穴多数是露天的,常利用其他动物废弃的旧洞,或营巢于石隙、树洞里。一般白昼匿于洞中,夜间出来活动。独栖或5~6只成群。行动不如豺、虎敏捷,性情较温驯,叫声低沉,冬季常非持续性睡眠,即在洞中睡眠不出,但不是真正的冬眠,它们会在冬天天气偶尔暖和的时候,出门溜达。这一现象在犬科动物中是特有的。

李时珍在《本草纲目》中说:"按俗云:貉与獾同穴各处,故字从各。"古代民间认为,貉与獾能够共同生活在一个洞穴中,而且互不干涉,和谐相处。

成语"一丘之貉"就是指同一个山丘上的貉。比喻彼此一样,没有什么差别。今用作贬义,比喻都是一样的坏人。这个成语出自《汉书·杨恽传》。杨恽是西汉时期大臣,丞相杨敞之子,史学家司马迁外孙。步入仕途的杨恽,目睹朝廷之中贪赃枉法成风。他坚持清正廉洁,整顿吏治,杜绝行贿。后来,因为和皇帝的亲信发生冲突,被免为庶人。有一次,杨恽听说匈奴的单于被杀,感慨道:"遇到一个这样不好的君王,他的大臣给他拟好治国的策略而不用,使自己白送了命,就像秦朝时的君王一样,专门信任小人,杀害忠贞的大臣,结果国亡了。如果当年秦朝不如此,可能到现在国家还存在。从古到今的君王都是信任小人的,真像同一山丘出产的貉一样,毫无差别呀!"

宋代大诗人辛弃疾《和前人韵》有诗:"池鱼岂足较浮沉,邱貉何曾异古今。"

古往今来,一丘之貉甚多,君子却因稀少而珍贵。

《孟子·尽心上》中有这样的对话。公孙丑曰:"《诗》曰:'不素餐兮!'君子之不耕而食,何也?"孟子曰:"君子居是国也,其君用之,则安富尊荣;其子弟从之,则孝悌忠信。'不素餐兮!'孰大于是?"

清代焦循的《孟子正义》解释说:"君子正己,以立于世。世美其德,君臣是贵。所遇者化,何素餐之谓?"

"彼君子兮,不素餐兮",在后世不仅成为一种无功不受禄的说法,更是传统知识分子约束自身行为的一个准则。

这让人想到辞官归隐的陶渊明,躬耕和写诗都是他的生活方式。不仅有"采菊东篱下,悠然见南山"的诗意,还有"晨兴理荒秽,带月荷锄归"的辛苦,也有"闻多素心人,乐与数晨夕""奇文共欣赏,疑义相与析"的欢乐,更有"既耕亦已种,时还读我书"的欣然。

《魏风·伐檀》中那些劳动者、歌唱者,也是"素心人",他们爱戴身边的君子,为他的才华、智慧、德行折服感化,和他一起稼穑狩猎,丰衣足食,自在又逍遥。对比那些有权有势者、不劳而获者、无功受禄者,正是他们的昏庸无为,让德才兼备的君子不得施展才华。在这样的对比下,他们不由得大声疾呼,反复诘问,情感激越。

"忽而叙事,忽而推情,忽而断制,羚羊挂角,无迹可寻。"《魏风·伐檀》诚如戴君恩《读诗臆评》所言,又如牛运震《诗志》所论:"起落转折,浑脱傲岸,首尾结构,呼应灵紧,此长调之神品也。"

　　清新美好的诗句,如河水清澈,泛起涟漪,是以善物喻君子善事;充满硬度和张力的诘问,则如锋利的刀剑,指向剥削者的丑陋。这样的《魏风·伐檀》之歌,刚健优美,展现出非同一般的色彩和音响。

动物小档案

貉

Nyctereutes procyonoides

目、科、属：食肉目犬科貉属

俗名：貉子、土獾、毛狗

形态描述：外形似狐，但体小而粗。体长50~65厘米，尾长约25厘米，体重4~6千克。吻部及耳均短，两颊生有长毛，四肢短，尾短且蓬松。头部面颊两侧有明显的「八」字形黑纹，吻部灰棕色。体侧灰黄或棕黄色。腹毛色淡。四肢浅黑或咖啡色。尾腹面色淡

现状：国家二级重点保护野生动物（仅限野外种群）

走兽篇
兽中有人性
形异遵人隔

猱

山林里的"小飞侠"

骍骍角弓，翩其反矣。兄弟昏姻，无胥远矣。
尔之远矣，民胥然矣。尔之教矣，民胥效矣。
此令兄弟，绰绰有裕。不令兄弟，交相为瘉。
民之无良，相怨一方。受爵不让，至于已斯亡。
老马反为驹，不顾其后。如食宜饇，如酌孔取。
毋教猱升木，如涂涂附。君子有徽猷，小人与属。
雨雪瀌瀌，见晛曰消。莫肯下遗，式居娄骄。
雨雪浮浮，见晛曰流。如蛮如髦，我是用忧。

——《小雅·角弓》

扫码获取
本诗注释
动物照片
动物声音
原文朗读

129

《小雅·角弓》是一首劝告周王不要疏远兄弟亲戚而亲近小人的诗歌。"新意新语竟出，风骨自奇高。"全诗八章，每章四句。首章开门见山，以形象的比喻挑明了全诗的旨意：完美的角弓，是弓木和弓弦相结合而成，应该张弛有度，稍有不谐，便会分崩离析；兄弟亲友之间，应该相亲相爱，同舟共济，不要彼此疏远。前四章告诫统治者要兄弟相亲，给下民作出表率；后四章反复申说君民相处之道，或君子御民之术。

　　新奇的比喻是本诗的特色。"老马反为驹，不顾其后"，取譬新鲜，以物喻人，指责小人颠倒常情的乖戾荒唐，一个"反"字凸显出强烈的感情色彩。"毋教猱升木，如涂涂附"，猿猴不用教也会上树，泥巴涂在泥上自然粘牢，比喻小人本性无德，善于攀附，如果上行不正，其行必有过之。"君子有徽猷，小人与属"，此意与后世所谓"君子之德风，小人之德草"正好一致。

　　最后两章以雪花见日而消融，反喻小人之骄横而无所节制和不可理喻。诗人不禁长叹"我是用忧"，此"忧"非为自身忧，是为国家为天下而深怀忧患。本诗希望君主能够像个君子，亲近兄弟而疏远小人，成为一名优秀的君主。当他的耳边再也没有小人们肆意聒噪，那么他曾经泯灭的良知一定会觉醒，这样兄弟就能够重归于好，天下也将变得十分安宁。

　　关于《小雅·角弓》的主题背景，《毛诗序》说得相当明白："《角弓》，父兄刺幽王也。不亲九族而好谗佞，骨肉相怨，故作是诗也。"

据《左传·昭公二年》记载,昭公二年(前540)春季,晋平公派韩宣子到鲁国聘问。韩宣子在太史那里观看书籍,看到《易象》和《鲁春秋》,说:"《周礼》都在鲁国了,我现在才知道周公的德行和周朝之所以能成就王业的缘故了。"昭公以礼招待他。季武子赋《绵》的最后一章,韩宣子赋《角弓》这首诗。季武子拜谢说:"您以这首诗弥补鲁国的不足,我们的国家有希望了。"享礼完毕,韩宣子在季武子家里参加宴会,看到院中有一棵好树,忍不住赞美它。季武子说:"我不敢不培植这棵树,以不忘记《角弓》。"

《小雅·角弓》一诗有"毋教猱升木,如涂涂附"之句,其中提到的"猱"是什么动物呢?

"猱"即今之金丝猴。《埤雅》记载:"狨,一名猱。"意思是猱有另一个名字叫狨。《本草纲目》卷五十一"狨"篇中说:"'藏器曰'狨生山南山谷中。似猴而大,毛长,黄赤色。人将其皮作鞍褥。……杨亿《谈苑》云:'狨出川峡深山中。其状大小类猿,长尾作金色,俗名金线狨。轻捷善缘木,甚爱其尾。人以药矢射之,中毒即自啮其尾也。'"

金丝猴与大熊猫齐名,同属"国宝级动物",共四种:川金丝猴、滇金丝猴、黔金丝猴和越南金丝猴。在我国,有川金丝猴、滇金丝猴、黔金丝猴这三种。三种均已被列为国家一级保护动物。其中川金丝猴的毛色最为金黄,因此以川金丝猴为代表进行具体介绍。

川金丝猴是灵长目类人猿亚目简鼻亚目猴科疣猴亚科仰鼻猴属的

哺乳类动物，又称狨、长尾巴猴、仰鼻猴、金丝狨。川金丝猴的脸长得生动有趣，青色的脸颊，圆圆的黑眼珠，鼻孔朝天，这副怪模样，在猴类中是绝无仅有的。1869年5月4日，法国传教士戴维利用猎手捕捉到了6只被当地人称作"长尾巴猴"的川金丝猴，他给"长尾巴猴"

金丝猴

取名"仰鼻猴"。

川金丝猴在"兄弟三人"中最有名。它脸上的毛为天蓝色，两侧、胸及后腿的毛为金黄色，分布于四川、甘肃和陕西。陕西秦岭有"秦岭四宝"：大熊猫、金丝猴、朱鹮、羚牛。其中的金丝猴就是川金丝猴秦岭亚种。

滇金丝猴的脸两侧为白色，种群分布于云南、四川和西藏东部；黔金丝猴的两肩之间有1块卵圆白毛区，种群分布于贵州与四川之间。

除了金丝猴内部种群相似，让人类"傻傻分不清"，人们还经常把金丝猴和猕猴混淆。那么，怎么区分川金丝猴和猕猴呢？

从体长和长相看，川金丝猴体长约70厘米，尾略长于或等于体长。前肢长度适中，拇指能与它指相对，大趾也能与它趾相对。颜面青色，背部有发亮的黄色长毛。颊部及颈侧有棕红色的毛，肩背有长毛，色泽金黄，肚子上和四肢内侧的毛为褐黄色，毛质十分柔软。

而猕猴平均体长约50厘米，和川金丝猴比，个头矮。躯体粗壮，尾巴较长，它们的前肢与后肢大约同样长。头部呈棕色，背部毛为棕灰或棕黄色，肚子上的毛为淡灰黄色。

如果你说，不把川金丝猴和猕猴放在一起比较，也无法从体长和长相一眼分辨。那么，还有一个最明显区分两种动物的方法，就是看它们的脸部两侧是否有颊囊。颊囊就是食囊，当猴子遇到好吃的东西，就会把食物暂时储存在那里，导致腮帮子鼓出来两个肉球。川金丝猴没有颊囊，猕猴有。

金丝猴

从生活习性和栖息地看，金丝猴是我国特产的典型森林树栖动物，常年栖息于海拔 1500~3300 米的亚热带山地常绿、落叶阔叶混生林中，每个小家族集群由一个强健的成年雄体为首领组成 3~5 个成群，有时每群有十余只至几百只。金丝猴性格机警，如遇敌害，跑得很快，估计 1 小时可跑 40~45 千米。叫时发出"嘭—嘭—"的声音，很响亮。

而猕猴栖息地广泛，有草原、沼泽、森林，主要群居于石山峭壁、溪旁沟谷和江河岸边的密林中或疏林岩山上。猕猴主要分布于中国南部的广大地区和阿富汗、巴基斯坦、印度北部。以树叶、嫩枝、野菜等为食，也吃小鸟、鸟蛋、各种昆虫，捕食其他小动物。猕猴相互之间联系时会发出各种声音或做手势，互相之间梳毛也是一项重要社交活动。猕猴喜欢争王。猴子的王位，是强者之间通过激烈的拼搏、打斗而产生的。当每届猴王任期四年快满时，那些觉得有竞争实力的雄猴便跃跃欲试，当着猴王的面翘尾巴，向猴王发起挑战，最后的获胜者便是新一届猴王。

无论是金丝猴还是猕猴，它们最喜欢做的事就是用长长的臂膀勾住树枝，在高大茂密的树林中间，跳来跳去，好像没有什么能够阻挡它们自由飞跃的身影，好像大自然赋予它们这项攀缘的技能，是为了让它们离天空更近，享受风中翻飞的快乐。

汉代司马相如《上林赋》写道："蜼玃飞鼺，蛭蜩蠼猱。"此赋依次夸饰天子上林苑中的水势、水产、草木、走兽、台观等。"蠼猱"

统指猴子。它们都栖息于林间，有的长啸，有的欢叫，上下往来，矫捷灵巧，穿梭枝杈，相互嬉戏。越过断桥，腾跃丛林，由这个枝条跳跃到那个枝条。

晋代葛洪《抱朴子·明本》记载："为道之士，不营礼教，不顾大伦，侣狐貉于草泽之中，偶猿猱于林麓之间，魁然流摈，与木石为邻，此亦东走之迷，忘葵之甘也。"点出了猿猱的活动环境在林麓之间，它们的陪伴，应该会给隐居的道人们带来很大的安慰。

唐代李白《蜀道难》有名句："黄鹤之飞尚不得过，猿猱欲度愁攀援。"点出了猿猱善于攀缘的习性，即便如此，猱猿也难以翻越蜀道，因为蜀中上有挡住太阳神六龙车的山巅，下有激浪排空辽回曲折的大川。

唐代李贺有诗作《申胡子觱篥歌》："俊健如生猱，肯拾蓬中萤。"李贺立意新奇，以动作矫健敏捷的猿猴来比拟称赞朔客李氏。李白的诗歌《早发白帝城》："两岸猿声啼不住，轻舟已过万重山。"用猿猴的叫声烘托出空旷寂寥的场景。唐代许浑有诗《岁暮自广江至新兴往复中题峡山寺四首》："虎迹空林雨，猿声绝岭云。" 山猿长啸，空谷传响，令人动容。

猴与中国人缘分深厚，自古便被视为吉祥、显贵、驱邪纳福的象征。猴子聪明伶俐的形象更为其喜庆的寓意添了几分色彩，猴与"侯"谐音，在许多图案中，猴的形象寓意封侯，表达了人们对功名利禄的期许。"马上封侯"是传统寓意纹样。由猴子、骏马组成，喜猴坐在马背上,表示即刻就要受封爵位,做大官,寓意功名指日可待。"蜜蜂、猴子、鹿"组合在一起,寓意"一路封侯"。猴也常常与桃搭配,蟠桃自古为祝寿标识,又称寿桃,传统图案常常以灵猴手拿寿桃做祝寿状,即"灵猴献寿"。《西游记》中美猴王孙悟空大闹蟠桃会令读者称奇。

在中国传统的十二生肖中,猴排第九位,与十二地支的第九位"申"相对应,称之为申猴。吴承恩在《西游记》小说中塑造了"齐天大圣"孙悟空的形象,让猴子享尽无限风光。孙悟空由石化成神猴拜师后神通广大,会七十二般变化。他大闹天宫,被如来佛祖压在五行山下,后来与猪八戒、沙和尚一道护送唐僧去西天取经,一路斩妖除魔,历经八十一难,终成正果。在吴承恩的笔下,孙悟空成了正义的化身、美好的别名。神猴孙悟空的形象在中国早已家喻户晓,在国际上也颇具影响力。

猴子的艺术形象在出土文物中也比比可见,早在新石器时代,在湖北天门石家河文化遗址群,便发现有猴形陶塑。还有商周时期的猴面人形玉佩;战国时期的龙首猴熊鎏金包银嵌松石铜带钩;汉朝的彩绘陶猴,陶博山炉上生动逼真的猴子形象;唐代的三彩猴头埙、黄釉猴等。明清时期,猴形拴马桩在一些地区颇为流行。山西、陕西、甘肃一带的乡村,尤其是大户人家的门前,都有雕刻着石猴的拴马桩。还有一个重要的石雕,叫三勿石猴。三勿石猴流行于山东,雕刻着三只猴子,一只蒙眼,一只捂耳,一只掩嘴,喻示的是"非礼勿视,非礼勿听，非礼勿言"，语出《论语·颜渊》。

《小雅·角弓》中，诗人苦心孤诣，以物喻人，劝谏君王，只有他自身的行为合乎礼仪，才能正确引导人民相亲为善。

铭记历史教训，倡导传统道德礼仪，树立君子之风，上行下效，贤德引导，方能政治清明，国泰民安。

走兽篇
兽中有人性 形异通人隔

动物小档案

川金丝猴

Rhinopithecus roxellana

目、科、属：灵长目猴科仰鼻猴属

俗名：仰鼻猴、金丝狨、长尾巴猴

形态描述：体长约68厘米，尾略长于或等于体长。无颊囊，前肢长度适中，拇指能与它指相对，大趾也能与它趾相对。颜面青色，背部有发亮的长毛。颊部及颈侧棕红色，肩背具长毛，色泽金黄，躯干腹面和四肢内侧的毛为褐黄色，毛质十分柔软

现状：国家一级重点保护野生动物

139

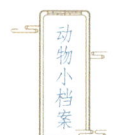

猕猴

Macaca mulatta

目、科、属：灵长目猴科猕猴属

俗名：猢猴、黄猴

形态描述：体长约50厘米。个体稍小，颜面瘦削，头顶没有向四周辐射的漩毛，额略突，肩毛较短，尾较长，通常多灰黄色，不同地区和个体间体色往往有差异。有颊囊。四肢均具5指（趾），有扁平的指甲。臀胝发达，肉红色

现状：国家二级重点保护野生动物

走兽篇
兽中有人性
形异遗人隔

兔

灵活敏捷,自由自在

肃肃兔罝,椓之丁丁。赳赳武夫,公侯干城。
肃肃兔罝,施于中逵。赳赳武夫,公侯好仇。
肃肃兔罝,施于中林。赳赳武夫,公侯腹心。

——《周南·兔罝》

扫码获取
· 本诗注释
· 动物照片
· 动物声音
· 原文朗读

141

《周南·兔罝》一诗通过生动描述为狩猎做准备的场景，赞美当时诸侯领主手下武士的威武形象和昂扬气概，以及他们遇事时的勇敢和对公侯的忠诚。全诗三章，每章四句，复沓迭唱，音韵铿锵，格调雄壮而奔放，叠音词的使用，令诗篇更有气势。

本诗三次用"兔"往复咏唱，流露出周人对雄壮威武之狩猎者的夸赞与自豪，是周人尚武精神的显露。"肃肃兔罝，椓之丁丁"，兔在这里是一种客观物象，反复以兔起兴，暗示一场紧张的狩猎即将开始。"肃肃"是布网整齐紧密之义，"兔罝"为捕兔设置的密网，"丁丁"是安放木桩叮当作响的敲击声。"肃肃兔罝，施于中逵"，指在路中央布网。"肃肃兔罝，施于中林"，指在树林中央布网。通过这些动态描写，将细心且英武的狩猎者形象活脱脱地呈现在我们面前。

《墨子·尚贤》曰："文王举闳夭、泰颠于罝网之中，授之政，西土服。"也就是说，周人有从布置施网的狩猎勇士中选拔人才的历史。"赳赳武夫，公侯干城""赳赳武夫，公侯好仇""赳赳武夫，公侯腹心"，由猎兔的武夫成为守卫公侯的武士，到公侯亲信，再到公侯心腹，是诗中武士地位的升腾变迁。这首诗本意在赞扬狩猎者勇武，因而推想其美好的政治前途。

周人重田猎，田猎需驾车马、合徒众、执兵戈、布猎阵，所以田猎不只是娱乐，且有治兵的意义隐于其间。"春蒐、夏苗、秋狝、冬狩"是说周代天子、诸侯每年要定期田猎。大规模田猎有军事演习的意味，是他们尚武的直接体现。因为周人战事频繁，所以周代六艺中的"射""御"都与战事相关,也正因如此,尚武精神深入周人思想,成为周人人格修养的组成部分。诗人看到狩猎者打桩张网,英姿勃勃,马上联想到这些人可能成为公侯的武士,为保家卫国做出贡献。通过诗中布置逐兔的动态描写,展现出周人飒爽勇武的英姿,可以看出周人崇力尚武的审美风尚。

《周南·兔罝》赞美武士,其寓意也是记述与颂扬文王创业艰苦的历程。有一种说法,"兔罝"就是指"闳夭",他是周文王的"四友"(另外三位是南宫括、散宜生、泰颠)之一,是周文王的贤臣,以善捕猎著称。周文王不拘一格纳贤,把"闳夭"从"干城"培养到"好仇"再到"腹心",正好让人看到一个贤臣的成长过程。

《史记·殷本纪》记载:"西伯之臣闳夭之徒,求美女、奇物、善马以献纣,纣乃赦西伯。"周文王姬昌实行仁政,百姓安居乐业,人才纷纷归属。周的国力增强壮大,引起商王朝的不安。商纣王的亲信谗臣崇侯虎,暗中向纣王进言说,西伯到处行善,树立自己的威信,诸侯都向往周,恐怕不利于商王,纣王于是将姬昌拘于羑里。

周国大臣闳夭、散宜生等商议,重价购得宝马、香车、美女等献给纣王。纣王大悦,下令赦免姬昌,赐给弓矢斧钺,使姬昌掌握专征大权。

被囚禁在羑里城的姬昌受尽了商纣王的凌辱,甚至当商纣王将姬昌的儿子伯邑考残忍杀害做成肉羹时,姬昌强忍着内心的愤怒,吃了下去。后来在没人的时候,又将吃下的肉羹悲痛地吐了出来。

传说，那肉羹一滚，便长出了四足和两耳，连吐三次，变成了三个兔子跑走了。在河南安阳的羑里城西北角，有一处坟冢，距离周文王推演《周易》处百余米，相传就是周文王吐肉羹之处，被人们称为"吐儿冢"。

"兔"字，最早见于商代的甲骨文。一只坐着的兔子，头朝上，突出豁裂的兔唇，长耳下垂，前后腿，还有一条弯曲的短尾巴。一个简单的汉字就基本概括了兔的基本特征。

汉字分娩的"娩"，最初是指兔的生育，古文《尔雅·释兽》上说"兔子曰娩"，后来经过发展才用"分娩"来指人的生育。

兔在十二生肖中排名第四，与十二地支中的卯相对应，所以叫"卯兔"。卯是茂，言万物茂也。《说文解字》说："卯，冒也。二月，万物冒地而出。"因此，"卯"表示春意，代表黎明，充满无限生机。这就是卯兔的由来。

《诗经》中，"兔"出现在5首诗里，"兔"字被提了13次。

《王风·兔爰》有诗句："有兔爰爰，雉离于罗。我生之初，尚无为。我生之后，逢此百罹。尚寐无吪！"意思是："兔子自由自在，雉鸡却陷于网中。我刚出生的时候，还没有劳役之事。我出生以后，竟然碰上了无数的祸患。我宁愿永远睡着别醒来。"诗人感时伤世，发出黍离之悲。

诗中"我生之初……我生之后……"这一句式后来被传为东汉蔡琰所作的长篇骚体诗《胡笳十八拍》中沿用："我生之初尚无为，我生之后汉祚衰;天不仁兮降乱离,地不仁兮使我逢此时。"诗意悲怆。

《小雅·小弁》有诗句:"相彼投兔,尚或先之。行有死人,尚或墐之。君子秉心,维其忍之。心之忧矣,涕既陨之。"意思是:"你看那野兔儿入罗网,还有好心人把它放。大路上遇到死人,还有善良者将他葬。君子应该持善心,做事怎能太残忍。心里实在很忧伤,泪水不禁落千行。"

这是一首充满着忧愤情绪的哀怨诗,从诗本身所表述的内容来看,当是诗人的父亲听信了谗言,把他放逐,致使他幽怨哀伤、落泪悲怀。

《小雅·巧言》有诗句:"奕奕寝庙,君子作之。秩秩大猷,圣人莫之。他人有心,予忖度之。跃跃毚兔,遇犬获之。"意思是:"巍然宫室与宗庙,君子将它来建起。典章制度有条理,圣人将它来订立。他人有心想诋毁,我能揣测能料及。蹦跳窜行那狡兔,遇上猎狗被击毙。"这首诗用"毚兔"比喻谗人,表达了对喜进谗言者的憎恶之情,同时讽刺统治者贪图享乐听信谗言,导致祸国殃民的局面。

《小雅·瓠叶》有诗句:"有兔斯首,炮之燔之。君子有酒,酌言献之。"意思是:"白头野兔正鲜嫩,烤它煨它味道美。君子备好香醇酒,斟满敬客喝一杯。"

由宴饮想到祭祀。古代可用于祭祀的动物有八种。《礼记·曲礼下》中写道:"凡祭宗庙之礼,牛曰一元大武,豕曰刚鬣,豚曰腯肥,羊曰柔毛,鸡曰翰音,犬曰羹献,雉曰疏趾,兔曰明视。"兔子很少眨眼,而且眼睛异常明亮,故曰明视。唐孔颖达解释"兔肥则目开而视明也"。

《诗经》中的兔应该是草兔。草兔是兔形目兔科兔属草食性动物，又叫海角野兔、沙漠野兔等。草兔体形中等，体长约45厘米，体重约2千克。耳朵很长，94~115毫米，向前折明显超过鼻端，尖尖的耳朵末端是黑色的。尾巴比较长，尾连端毛略等于后足长。尾背面有明显的黑色斑。冬毛长而蓬松，白色针毛伸出毛背外方。背部为沙黄色，带有黑色波纹。腹面白色。体侧毛色渐淡，至下方呈现浅棕黄色。颈下与四肢外侧均为浅棕黄色。夏天草兔的毛色略深，为淡棕色，身体两侧白色针毛较少。

草兔栖息于低洼地、草甸、田野、树林、草丛或灌木丛中。通常清晨或夜间出穴，在其窝附近活动。一般无固定的洞穴，常在较隐蔽的地方挖掘临时藏身的卧穴。以青草、树苗、嫩枝、树皮、农作物等为食。冬末交配，早春开始产仔，并持续繁殖，年产2~3窝，每窝2~6仔。幼兔一个月左右即可独立生活。兔子可以说是哺乳动物食物链的底端生物，天敌较多，有狼、狐、隼、鹰等。因为天敌多，也练就了它易受惊的体质，周围一点点风吹草动，它都能敏锐地察觉到，然后迅速逃跑。

也因为兔子这样的性格，古人用"静如处子，动如脱兔"的成语，以兔子灵活敏捷，奔跑速度快，比喻善于逃脱。《孙子兵法·九地篇》记载："是故始如处女，敌人开户；后如脱兔，敌不及拒。"意思是战争开始的时候，军队像女子一样庄重、娴静，让敌人没有防备；而战争打响后，就像脱兔一样风驰电掣地行动，让敌人来不及抵抗。

走兽篇 兽中有人性 形异遵人隔

兔子

　　关于兔子的成语非常多，比如，著名的"守株待兔"成语，出自《韩非子·五蠹》。故事说，宋国农夫种地，突然跑来一只兔子，撞死在农夫身边的树上。农夫不再种地，坐等兔子再来，想要不劳而获。结果兔子没有再来，农田荒芜了。韩非子借这个故事提醒君王，世道变化，策略也应变化。

兔子有个生活习惯，就是会在生活的区域范围内，打好几个洞，主要目的是方便逃跑。古代人发现了兔子这个生活习性，发明了"狡兔三窟"这个成语，用来比喻隐蔽的地方或方法多，这个成语出自《战国策·齐策》。

"战国四公子"之一的孟尝君以"好客养士""好善乐施"而名闻天下。他门下食客达三千余人，冯谖是其中的佼佼者。冯谖起初为了试探孟尝君的胸怀和眼光，曾三番五次地向孟尝君提出近乎苛刻的要求，比如弹铗而歌，要求有鱼吃，有车坐，有钱奉养老母亲。孟尝君一一满足。他决定尽力辅佐孟尝君。他先是到薛地收债，对无力偿还者烧毁债券，换得民心。因为这一义举，使得后来孟尝君在被齐王罢相后，到薛地，老百姓扶老携幼，夹道欢迎。之后，冯谖建议说："狡兔有三窟，仅得免其死耳；今君有一窟，未得高枕而卧也。请为君复凿二窟。"他继续成全孟尝君，游走梁国，说动梁惠王遣使者携黄金千斤，车百乘，前往聘用孟尝君为上将军。而他则告诉孟尝君，不要前往梁国赴任。齐王得到这消息，觉得怠慢了孟尝君，再度重用他。冯谖要孟尝君向齐王提出希望能够拥有齐国祖传祭器的要求，并将它们放在薛地，同时兴建祠庙，以确保薛地的安全。祠庙建好后，冯谖对孟尝君说："三窟已就，君姑高枕为乐矣。"

再来看看诗词中的兔子形象。汉乐府《古艳歌》"茕茕白兔，东走西顾。衣不如新，人不如故"，以白兔走路左顾右盼的习性比喻人对往昔情感的眷恋。

南北朝时的长篇叙事诗《木兰辞》赞扬木兰勇敢善良的品质、保家卫国的热情和英勇无畏的精神。诗结尾写道:"雄兔脚扑朔,雌兔眼迷离;双兔傍地走,安能辨我是雄雌?"以兔子不容易分辨公母来呼应伙伴们看到木兰是女郎的惊诧。的确,英姿飒爽的女子,哪一点不如男儿?

自古,兔与月亮互相成就。人类的想象力,穿破苍穹,直抵月宫。传说月亮上有一只洁白的玉兔,此后千年,玉兔便成为月亮的另一个名字。古人望月,总不忘提及玉兔,李白有诗《古朗月行》:"仙人垂两足,桂树何团团。白兔捣药成,问言与谁餐?"大人都说桂树下的白兔在捣药,它捣了千年万年,这么多药要给谁吃?能和谁一起吃?这是嫦娥吃过的长生不老仙药吗?仙人和玉兔,这是一场回到童年的大梦。

杜甫作诗《八月十五夜月二首·其一》:"水路疑霜雪,林栖见羽毛。此时瞻白兔,直欲数秋毫。"月圆之夜,清朗如洗,所以即便老眼昏花,也忽然看清楚了白兔的样子。

苏轼作诗《八月十五日看潮五绝》:"定知玉兔十分圆,化作霜风九月寒。寄语重门休上钥,夜潮流向月中看。万人鼓噪慑吴侬,犹似浮江老阿童。欲识潮头高几许?越山浑在浪花中。江边身世两悠悠,久与沧波共白头。"

1073年,苏轼担任杭州通判。当时他正值壮年,意气风发。钱塘大潮,在人间制造了这样大的动静,让大诗人如痴如醉、如癫似狂。

而抬头望，圆月安安稳稳地挂在空中，月光洒向每个角落，玉兔依旧安静地捣药，好像一切与它无关，一切理所当然。

除了象征明月外，在中国的传统文化中，白兔被人们赋予了长寿、吉祥等众多美好寓意。

兔形玉雕始见于新石器时代凌家滩文化，商代有青铜双兔车饰；汉画像石中有玉兔捣药的图案；汉代有青铜兔纹印；隋朝有洪州窑青釉刻划莲瓣纹兔纽权；唐宋有嫦娥玉兔菱花铜镜、白釉兔陶瓷、三彩兔伴花草图扇形枕；元代有兔纹瓶罐等；明清有青花兔纹盘、釉兔形香薰、砚滴、泥塑彩绘兔爷等。

绘画作品比如宋崔白的《双喜图》、宋画《竹雀双兔图》，明徐霖的《菊石野兔图轴》，清冷枚的《梧桐双兔图》、蒋溥的《桂兔图轴》等，丰富生动。

周人捕兔，尽显尚武精神。今人说兔，祈福平安喜乐。癸卯兔年，可爱的兔儿衔瑞草、踏祥云而来，降福人间。

走兽篇
兽中有人性
形异遵人隔

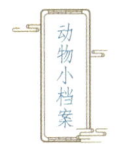
动物小档案

草兔
Lepus capensis

目、科、属：兔形目兔科兔属

俗名：海角野兔、沙漠野兔

形态描述：体长约 45 厘米。腿长，尤其是后腿。体背面沙黄色，腹面白色。有一双又长又圆的大耳朵，听觉灵敏。耳尖端黑色。尾上面黑色，两侧及下面白色

昆虫篇

风枝惊暗鹊
露草泣寒虫

宋·写生蛱蝶图（局部）

阜螽

本为微物，奈何群起成灾

喓喓草虫，趯趯阜螽。未见君子，忧心忡忡。
亦既见止，亦既觏止，我心则降。
陟彼南山，言采其蕨。未见君子，忧心惙惙。
亦既见止，亦既觏止，我心则说。
陟彼南山，言采其薇。未见君子，我心伤悲。
亦既见止，亦既觏止，我心则夷。

——《召南·草虫》

《召南·草虫》是一首妻子思念丈夫的诗。全诗三章,每章七句。第一章叙写秋天时节独守空房的妻子思念行役在外的夫君,只好在梦里与丈夫相见、相会,聊以自慰;第二章叙写来年春天怀人的情景,去田野采摘蕨菜,痴痴地凝望而望不见心上人,只能梦里相见相会,两情相悦;第三章叙写夏天怀人的情景,说去采薇菜,又是空等一回,心中禁不住无限伤悲,又只有在甜蜜的梦乡里,才能平复那无尽的相思之苦。此诗言简意赅,纸短情长,构思巧妙,重章叠句,音韵和谐。

思念一个人是什么滋味?

是"未见君子,忧心忡忡""未见君子,我心伤悲,亦既见止,亦既觏止,我心则夷"。那颗悬在半空的心,那些没有着落的思念,只有在相见的那一刻心绪才能平复。

是"青青子衿,悠悠我心";是"一日不见,如三月兮;一日不见,如三秋兮;一日不见,如三岁兮";是无比的煎熬,巨大的折磨,是看似疯癫痴狂,其实真挚动人。

是"风雨如晦,鸡鸣不已。既见君子,云胡不喜"。风雨里,点亮暗夜的光,不仅是喜见情人的激动或夫妻重逢的期许,还是君子不改其度,终其一生的坚守。风雨里的谦谦君子,让风雨也美丽。

是"终朝采蓝,不盈一襜。五日为期,六日不詹";是"自伯之东,首如飞蓬。岂无膏沐?谁适为容";更是"所谓伊人,在水一方。溯洄从之,道阻且长",这样的失魂落魄,这样的无怨无悔,等待或求索……

自古以来,"人有悲欢离合,月有阴晴圆缺",虽然有情人都盼望能长相厮守,但是分别不会依人的意愿而有所改变。所以,当遭遇离别的时候,情人们能做的就只有在心中默默思念彼此,用想象来慰藉自己的心灵了。

而自然界的一切,对于思念的心境,都是一种无言的陪伴,一种生动的映照。"悲哉,秋之为气也!萧瑟兮草木摇落而变衰。"秋天,她听着虫鸣鸟叫,看着枯萎的秋草,枯黄的树叶,感受着秋风中的凉意,心中升起无限的离愁别绪。现实如此孤单凄凉,于是,她开始想象如果自己心爱的人出现在面前,会是怎样的情景。如果能依偎在爱人的胸膛,互诉衷肠,那该是多么欣喜和欢愉。

接下来,时空开始转换。女子离开了自己的家,她为了自己的爱人,登高望远,想寻觅心上人的踪迹。但无论如何远眺,看到的也只有蕨和薇的嫩苗,她不禁黯然神伤,眼中这些嫩芽也失去了鲜丽的颜色。这时,应该是春夏之间,时光流转,都在无助的思念中度过。她仍然只有在想象中,与君子相见,这种美好的想象已成了她生活的精神依托和唯一的欢乐。

相思本身就是苦涩的,对于古代女子来说,这种苦格外锥心刺骨。它跨过春夏秋冬,滋长于每个晨昏,它让女子没有片刻能够体验心灵的宁静。世界何其广阔多姿,但这一切与她无关,她选择了独守。她既然将自己交托给那位君子,就会守护好彼此的约定与未来。等待对于她而言,虽然焦灼而痛苦,却不曾将她的信念摧折。在等待中,她从来没有忧虑过岁月侵蚀了她的容颜,也没有担心分离冲淡了情感,更未曾恐惧生活的未知,她的思念不动如山。

沈从文在小说《边城》的结尾这样写:"这个人也许永远不回来了,也许明天回来!"盼望的人能否归来在小说家笔下显得悬念重重,人们那颗不安的心,也在这样的等待中飘荡无依。在《召南·草虫》之中,君子何时归来同样不得而知,但我们相信,他一定会回来,因为那位低声吟唱的女子这样告诉我们,我们和她一样相信着,欢喜着,忧愁着。

该诗用同义叠词"忡忡"和"惙惙"刻画出女主人公的忧心,表现她对丈夫的思念之情。让人产生联想,扣动心弦。《小雅·正月》中也用多种叠字与"忧心"组合成句:"念我独兮,忧心京京""忧心愈愈,是以有侮。忧心茕茕,念我无禄""忧心惨惨,念国之为虐""念我独兮,忧心慇慇。"与本篇的意象是相通的。

《诗经》中的叠词应用得非常纯熟,早年,笔者曾把整本《诗经》上的叠词做成一个手抄本,以便玩赏,至今仍完好地保存着。像喓喓、趯趯、悄悄、悠悠、殷殷、养养、摇摇、京京、愈愈、惨惨、草草、契契、奕奕、钦钦、涓涓、惕惕等。同义叠字除了恰如其分地塑造鲜明的形象外,还有使语言富有变化,有音乐美、形象美的良好的修辞效果。叠词能使情感表现得恰到好处,让人感受到自然的律动。

《召南·草虫》一诗中"喓喓草虫,趯趯阜螽"的阜螽是蝗虫,俗称蚂蚱。蝗虫种类很多,今以中华稻蝗释之。

中华稻蝗是斑腿蝗科稻蝗属昆虫。它体长身圆,全身通常是绿色或绿褐色，身长3~4.4厘米，头部略呈方形，头顶两侧有椭圆形复眼1对，单眼3个，位于复眼中间，触角为丝状，咀嚼式口器。翅2对，足3对，后肢发达，善跳跃。腹部有11节，第1节两侧有听器。雌虫腹部末端有产卵器。卵为长圆筒形，长约3.6毫米，深褐色，卵袋长6~14毫米，前端平截，后端钝圆。中华稻蝗每年发生一代，以卵期越冬。

我国蝗虫种类主要为东亚飞蝗，部分为亚洲飞蝗和西藏飞蝗，蝗虫虫卵不耐低温，故冬春季节少有。蝗虫生育、成长都需要一个月，即一年可有三代。此外，蝗虫生命力极强，一次性产卵极多。

说起蝗虫，我们都很熟悉，它是臭名昭著的农业害虫，蝗以植物茎秆为食，一旦成群就会对庄稼形成巨大威胁。据史料记载，2600年以来，我国曾发生过蝗灾800次以上。

唐代白居易在《捕蝗》中写道："雨飞蚕食千里间，不见青苗空赤土。河南长吏言忧农，课人昼夜捕蝗虫。是时粟斗钱三百，蝗虫之价与粟同。"唐朝共计289年，而史料记载的蝗灾大致有三四十次。唐朝，蝗灾多发生在夏秋二季，并分别以"夏蝗""秋蝗"命名。唐代蝗灾多发生在黄河中下游地区，以今天的陕西、河南两地偏多，此处多种植水稻，历来是产粮重地。此外，这片地区地势相较上游低洼而湿润温暖，而过分干旱或过高的水位都不利于蝗虫产卵和生长。此地向南越过秦岭-淮河一线则鸟类天敌众多，向北地势升高而温度逐渐降低，也使得这片区域成为蝗灾多发地区。《唐会要》有"江夏飞蝗害稼"的记载,白居易这首诗中也写到了,蝗灾之后,粮价飞涨,百姓苦不堪言。

蝗虫搅和得唐代人不得安静,到了宋代,它们遇见了"对手"。宋代从国家治理层面对消灭蝗虫十分重视,已经形成了比较完备的"捕蝗"政策。宋代晁补之有诗《花林示杨彭年秀才莎鸡食蝗》提到:"迟明当熟晚未刈,灾蝗夜至如惊军。""如惊军"三个字写出了宋代人对蝗虫过境的重视程度,好像如临大敌,大家立刻战斗起来。宋神宗熙宁八年(1075)八月,神宗颁布了《捕蝗诏令》,这是世界上第一道治蝗法规。法令规定,但凡有蝗虫肆虐的地区,县令必须身体力行,亲自到地里捕捉蝗虫。为了调动百姓捕捉蝗虫的积极性,法规明文规定百姓捕捉到蝗虫可以直接拿去兑换钱粮,如果因为捕捉蝗虫损伤了田地里的庄稼,还可以申请免税,捕捉的蝗虫仍然可以兑换粮食。户部根据宋神宗的诏令,颁布了更加详细的《户部捕蝗法》,除了宋神宗所提到的策略,还建立了蝗灾通报制度,一旦有百姓通报官员,官员隐瞒不报或者拒不受理的,都会受到严厉的处罚。如果在治理蝗灾之时官员不尽责,同样会受到严惩。

蝗虫在古代被称为"蚱蜢"。当蝗虫暂时不威胁古人的生活时,它便化作了诗人眼中、笔下、画中、诗里的一道风景。

比如,宋代杨万里有诗《题山庄草虫扇》:"风生蚱蜢怒须头,纨扇团圆璧月流。三蝶商量探花去,不知若个是庄周。"他的《寒食前一日行部过牛首山七首》甚至还有点遗憾没见到蝗虫:"便是常州草虫本,只无蚱蜢与蜻蜓。"宋代仇远《草虫图》写:"纷纷蚱蜢肆跳梁,款款蜻蜓齐点水。"让人怀想宋画中的草虫图,绢本设色的长卷上,蝗虫趴在细长的叶片底下,蝴蝶、蜻蜓飞舞在它的上面,它安安静静,一动不动,像是攒足力气,等待稻田成熟,可以飞去饱食一顿,又像随时准备从画中一跳,跳进漫长而生动的时间长河。

一首《召南·草虫》,道尽忧心忡忡的妻子,思念成灾。"趯趯阜螽",人与蝗虫的"粮食争夺战",因灾起,因灾灭,纠葛不清,这是大自然出的一道考题。

昆虫篇

风枝惊暗鹊
露草泣寒虫

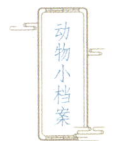

动物小档案

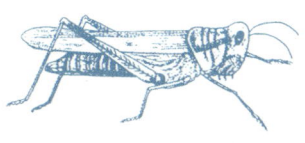

中华稻蝗

Oxya chinensis

目、科、属：直翅目斑腿蝗科稻蝗属

俗名：蚂蚱

形态描述：体长身圆，通身为绿色或绿褐色，身长3~4.4厘米，头部略呈方形，头顶两侧有椭圆形复眼1对，单眼3个，位于复眼中间，触角丝状，咀嚼式口器。翅2对，足3对，后肢发达，善跳跃。腹部有11节，第1节两侧有听器。雌虫腹部末端有产卵器。卵为长圆筒形，长约3.6毫米，深褐色，卵袋长6~14毫米，前端平截，后端钝圆

螽斯

多子多孙，家族兴旺

螽斯羽，诜诜兮。宜尔子孙，振振兮。
螽斯羽，薨薨兮。宜尔子孙，绳绳兮。
螽斯羽，揖揖兮。宜尔子孙，蛰蛰兮。

——《周南·螽斯》

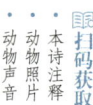

扫码获取
- 本诗注释
- 动物照片
- 动物声音
- 原文朗读

《周南·螽斯》是先民为祈求多子多孙而唱的一首民歌。全诗三章,每章四句,前两句描绘螽斯扇动翅膀及其飞翔的声音,后两句称颂子孙众多且有贤德。此诗以叠词叠句的迭唱形式为特色,锤炼整齐,音韵铿锵。诜诜、振振、薨薨、绳绳、揖揖、蛰蛰这六组叠词,整齐、形象、生动,带来韵律悠长的吟诵效果,一次次扣动听众的心弦,一步步感染读者的情绪,艺术地表达家族兴旺、世代昌盛、儿孙满堂的祈愿。

螽斯多子,朱熹《诗集传》记载:"螽斯,蝗属。长而青,长角长股,能以两股相切作声,一生九十九子。"根据这个记录,可以得知螽斯有极强的繁衍能力,一次能生近百只幼虫。所以,该诗通篇以虫作比,咏物也意在咏人,赞美螽斯衍庆,人丁兴旺。通篇围绕"螽斯"着笔,却一语双关,即物即情,浑然一体,体现出作者和乐、明朗的个性,同时蕴含着深厚的生活经验与智慧。

"宜尔子孙"是生命的延续,晚年的慰藉,家族的希望。华夏先民多子多福的观念,在尧舜之世已深入民心。《庄子·天地》篇有"华封三祝"的记载:尧去华地巡视,守疆人对这位"圣人"充满敬意,衷心地祝愿他"寿、富、多男子"。《周南·螽斯》篇中再三颂祝"宜尔子孙",正是先民这一观念在《诗经》里的继承与抒发。

螽斯在古代多有记载。《毛诗故训传》中说:"螽斯,蚣蝑也。"又说:"斯螽,蚣蝑也。"陆玑《毛诗草木鸟兽虫鱼疏》中说:"《尔雅》曰:'螽,蚣蝑也。'扬雄云:'春黍也。'幽州人谓之春箕,春箕即春黍,蝗类也。长而青,长角长股,青黑色斑,其股似玳瑁纹。五月中,以两股相搓作声,闻数十步。"

《诗经》中出现过"螽斯"和"斯螽"两种叫法,实际上是指一物。郝懿行在《尔雅义疏》说:"《诗》之螽斯、斯螽,毛《传》并云蚣蝑,是一物也。斯与蜥声义同。"螽斯的种类很多,以日本绿螽释之。

绿螽斯定名为 *Holochlora japonica*,意思是产于日本,国际定名为日本绿螽,其实在中国也普遍存在,只是日本先定名。像法国梧桐,我们中国原产这种树,但是法国把它定名为法国梧桐,获得了全世界的认可。

《中国动物志》收录"日本绿螽",但在中国,一般情况下,叫它绿螽斯或普通绿螽斯。

绿螽斯是直翅目螽斯科露螽亚科昆虫,全身都是绿色。触角是棕锈色或棕黄色,向端部逐渐变深。产卵器端部是黑色的。它体长4.5厘米,触角细长,有30节以上,其长度超过体长。雄虫的前翅上有发声器,发音时以右前翅上的刮器摩擦左前翅上的音锉。雌虫的产卵器呈剑状,直而短。前足基节有1个长刺,胫节外方有听器。所产的卵是圆形。

绿螽斯有一个"近亲",如果说学名草螽,大家肯定都不知道,但提到蝈蝈,大家多半会发出恍然大悟的声音。蝈蝈是螽斯科一些大型鸣虫的通称。上一篇《召南·草虫》有"喓喓草虫,趯趯阜螽"之句,其中的草虫,就是草螽。无独有偶,这一句诗既是《召南·草虫》的开篇句,又出现在了《小雅·出车》中。这两首诗句中的"草虫"

是同一种昆虫。

陆玑的《毛诗草木鸟兽虫鱼疏》记载:"草虫,常羊也。大小长短如蝗,奇音,青色。好在茅草中。"郝懿行的《尔雅义疏》记载:"草螽,诗作草虫,盖变文以韵句,虫,螽古字通也。"

草螽是属于直翅目螽斯科的一类昆虫,又称负蠜、常羊、鸣螽等。

螽斯科的雄虫擅鸣叫,因草螽种类繁多,以鼻优草螽为例。它形似尖头蚱蜢,又很像蝗虫,体形较大。体长 28~32 毫米。头顶圆锥形,顶端钝圆,向前突出于颜(眉毛之间的部分)顶(头顶)之前。从侧面观腹缘微凹。前胸背板背面稍平,侧片下缘向后倾斜,后缘肩凹明

螽斯

显。前翅颇远地超过后足股节顶端，端缘稍微斜截；后翅不长于前翅。前胸腹板有2个刺突，中胸和后胸腹板呈现裂叶三角形。全身为淡草绿色或淡黄褐色。上颚为橙色，前胸背板具有不明显的黄色侧条纹，前翅前缘基半部有一条细细的黑边。鼻优草螽鸣叫声单一，发出"嗞"的强电流声。同属种类甚多。

鼻优草螽分布于中国、日本、印度等地。草螽雌虫的尾部有产卵器，呈剑状，约1.6厘米。秋季产卵于土中，翌年孵化。它们是杂食性鸣虫，生活在庄稼、草丛或灌木上。在我国分布较广，常见于华北、华中、华东等省区，对农作物有危害。现在农药用得多了，各类草螽少了，不太容易找到了。

夏秋季节，蝈蝈的鸣声嘹亮清脆，给我们的童年带来了无穷的乐趣。小朋友经常在夏天的田野中循声去寻找藏在庄稼枝叶下的蝈蝈。他们先是蹑手蹑脚地靠近它，看准它的位置，然后，突然出手，就把它捉住了。捉得多了，还可以装在笼子里养起来，每天听它的叫声。

斯螽寓意衍庆，吉祥如意。这和房檐下挂的黄澄澄的玉米构成了农家乐的特色。现在的农药太厉害了，让蝈蝈减少了很多。据说有些地方把蝈蝈养起来繁殖，开发成一种产业，十分受欢迎。

小小的草虫，承载着古代诗人的喜爱、思乡或离别之情。三国魏曹丕有《杂诗二首·其一》："草虫鸣何悲，孤雁独南翔。郁郁多悲思，绵绵思故乡。愿飞安得翼，欲济河无梁。向风长叹息，断绝我中肠。"这是借草虫之鸣表达对故乡的思念。

南朝宋鲍照作《采桑》一诗:"采桑淇洧间,还戏上宫阁。早蒲时结阴,晚箪初解箨。蔼蔼雾满闱,融融景盈幕。乳燕逐草虫,巢蜂拾花萼。"天气和暖,小燕子追逐草虫,蜜蜂在花萼上采蜜,写出了春日的美好情景。

唐代李频有诗《送刘山人归洞庭》:"秋尽虫声急,夜深山雨重。"暮秋,夜雨,天气转凉,草虫鸣叫的声音也显得急切,映衬诗人送别的心情。

受《周南·螽斯》等诗歌的影响,从宋代开始,艺术家们便把螽斯作为一种吉祥纹饰。宋画中,韩佑的《螽斯绵瓞图》是螽斯画的代表作。《螽斯绵瓞图》画面撷取田间一角的场景,花叶生长茂盛,瓜果也已熟透,引来了两只螽斯。这幅作品的寓意均来自《诗经》,除螽斯的寓意来自《周南·螽斯》外,瓜果的寓意则来自《大雅·绵》的首句"绵绵瓜瓞",比喻周族人的繁衍生息和兴旺发达,后来"瓜瓞绵绵"便成为祝颂子孙昌盛的吉祥语。古人把螽斯和瓜果画在一起,有祝愿子孙满堂的吉祥寓意。

明清铜钱有"螽斯衍庆""麟趾呈祥"的花钱,通常成对使用。"螽斯衍庆"是祝贺人多生子孙,"麟趾呈祥"的寓意源于《周南·麟之趾》。除铜钱外,铜镜也有"麟趾螽斯"吉语镜,明清时颇为流行。

瓷器上的螽斯纹,为草虫纹之一。明以前的瓷器中,很少见到螽斯纹,而且早期的草虫纹只是作为景物中的点缀,直到清代,蚱蜢、蝈蝈等纹饰才成为流行纹饰。民国时期,涌现了一批在瓷器上画蝈蝈的名家。蝈蝈纹还出现在明清时期的服饰上,如清代女子服饰上通常绣有葫芦、蝈蝈、蝴蝶、蜻蜓等纹饰。蝈蝈不仅象征多子多孙,还谐音"哥哥",有祝贺多生男孩之意。

建筑装饰上使用螽斯的吉祥寓意,多用文字雕刻形式。在很多古建筑的门楼上,都有刻着"螽斯衍庆"的牌匾。北京故宫内,内廷西六宫的街门命名为"螽斯门",与东六宫的"麟趾门"相对应。而皇宫门以"螽斯"命名,据记载在宋代已经出现,后来成为惯例。

《列子》中讲述愚公移山这个故事时,借愚公之口说:"虽我之死,有子存焉。子又生孙,孙又生子;子又有子,子又有孙;子子孙孙无穷匮也,而山不加增,何苦而不平!"螽斯振羽,子孙绵延,家族兴旺,中华民族可以成就了不起的事业,文化复兴,再创辉煌。

昆虫篇

风枝惊暗鹊
露草泣寒虫

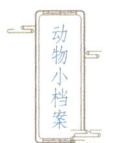
动物小档案

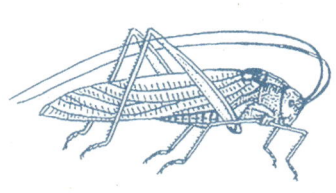

日本绿螽

Holochlora japonica

目、科、属：直翅目螽斯科绿螽属

形态描述：体绿色，长4.5厘米。触角细长，有30节以上，长度超过体长。雄虫的前翅上有发声器，发音时以右前翅上的刮器摩擦左前翅上的音锉。雌虫的产卵器呈剑状，直而短。前足基节有一个长刺，胫节外方有听器，卵为圆形。

动物小档案

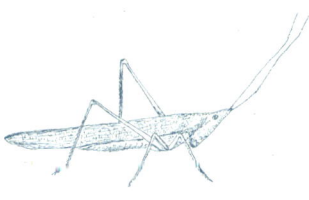

鼻优草螽

Euconocephalus nasutus

目、科、属：直翅目螽斯科优草螽属

俗名：尖头蚂蚱

形态描述：体长28～32毫米。头顶圆锥形，顶端钝圆，向前突出于颜顶之前。从侧面观腹缘微凹。前胸背板背面稍平，侧片下缘向后倾斜，后缘肩凹明显。前翅颇远地超过后足股节顶端，端缘稍微斜截；后翅不长于前翅。前胸腹板具2个刺突，中胸和后胸腹板裂叶三角形。体淡草绿色或淡黄褐色。上颚橙色，前胸背板具不明显的黄色侧条纹，前翅前缘基半部具黑边

昆虫篇

风枝惊暗鹊
露草泣寒虫

鸣蜩

纵餐风饮露，傲骨亦难欺

四月秀葽，五月鸣蜩。八月其获，十月陨萚。一之日于貉，取彼狐狸，为公子裘。二之日其同，载缵武功，言私其豵，献豜于公。五月斯螽动股，六月莎鸡振羽。七月在野，八月在宇，九月在户，十月蟋蟀入我床下。穹室熏鼠，塞向墐户。嗟我妇子，曰为改岁，入此室处。

——《豳风·七月》（节选）

扫码获取
· 本诗注释
· 动物照片
· 动物声音
· 原文朗读

《豳风·七月》是《诗经·国风》中最长的一首诗，也是现存最早的一篇农事诗。豳地在今陕西旬邑县、彬州市一带，公刘时代周的先民还生活在农业部落。

《豳风·七月》是一篇描绘先民四季劳动生活的风情图景的诗作。诗从七月写起，按农事活动的顺序，逐月展开春耕、秋收、冬藏各个画面，展示了当时社会的风俗：采桑、染绩、缝衣、狩猎、建房、酿酒、劳役、宴飨。还提到了众多的动植物。首章以鸟瞰式手法，概括了劳动者全年的生活，也为以后各章奠定了朴素清新的基调。二、三章情调逐渐昂扬，色调逐渐鲜明，分别是采桑图和纺织图；四、五章是狩猎图、备冬图；第六章是副业图，第七章是修屋图；第八章是祝寿图。通篇以赋的手法，在叙事中写景抒情，感情自然流露，诗意浓郁，真实地展示了当时的劳动场面、生活图景和人物面貌，构成了西周早期社会一幅男耕女织的风俗画。

时间是漫长还是短暂？岁月是充实还是空虚？光阴是幸福还是失落？

"仰观星日霜露之变，俯察昆虫草木之化，以知天时，以授民事。"所有的答案就在日升日落，月份相续，四季变迁，一年又一年的新旧更替中；所有的感受也都在春种、夏长、秋收、冬藏里。在二十四节气的神奇变化里，在日复一日地劳作中，所有的诗意就在点点滴滴的欢喜和失落里升腾，所有的幸福也在漫长的艰辛和盼望中弥漫，所有的庆祝都伴随着收获和流逝，所有的生活也都饱含着辛酸和美好。

大自然是神奇的，古人以智慧感受、发现这神奇，并把它运用到生活中，逐渐有了历法。宇宙变化，混沌初开，天地成形，万物着落，终生规律。古人经常观察到的天象是太阳的升落和月亮的盈亏，所以昼夜交替的周期为一"日"，以月相变化的周期为一"月"。地球绕太阳一周的时间，称为太阳年。

周历是我国古历法之一，与黄帝历、颛顼历、夏历、殷历、鲁历合称古六历。周人以冬季十一月为正月。《尚书大传》曰："夏以孟春月为正，殷以季冬月为正，周以仲冬月为正。"中国古代有夏历、商历、周历之分。在汉代实行太初历以后，历法才基本固定下来。夏、商、周三历的主要区别，在岁首的不同，又叫"三正"。

阅读先秦古籍有必要了解"三正"的差异，因为先秦古籍所据以纪时的历日制度并不统一。举例来说，《春秋》和《孟子》多用周历；《楚辞》和《吕氏春秋》用夏历；《诗经》要看具体诗篇，例如《小雅·四月》用夏历，《豳风·七月》就是夏历和周历并用，凡言"七月"指夏历，"一之日"等处指周历。

周代在继承和发展商代观象授时成果的基础上，将制订历法的工作推进了一步。周代已经发明了用土圭测日影来确定冬至（一年中正午日影最长的日子）和夏至（一年中正午日影最短的日子）等重要节气的方法，这样再加上推算，就可以将回归年的长度定得更准确。周代的天文学家已经掌握了推算日月合朔的方法，并能够定出朔日，这可以在《诗经》中得到证实，该书的《小雅·十月之交》中记载："十月之交，朔月辛卯，日有食之……彼月而食，则维其常。此日而食，于何不臧？""朔月"二字在我国典籍中首次出现，也是我国第一次明确地记载日期（周幽王六年，即公元前776年）的一次日食。周代历法还有一个进步是到春秋末至战国时期，已经定出回归年长为365日，并发现了19年设置7个闰月的方法。在这些成果的基础上，诞生了具有历史意义的科学历法——四分历。

在《豳风·七月》这首诗中出现了很多动物，其中"五月鸣蜩"中的"蜩"就是大家在夏季经常看到的昆虫——蝉。

《大雅·荡》篇中有"如蜩如螗，如沸如羹"之句，其中的"螗"与《豳风·七月》中的"蜩"是同物异名。朱熹《诗集传》中说："蜩、螗，皆蝉也。"蜩，即蝉。蝉有多种，其中体大者，古称"马蜩"，今俗称"马知了"，即蚱蝉。

我们先来看看这只"餐风饮露"的蜩，也就是蝉，是什么样的昆虫。

蚱蝉是半翅目蝉科蚱蝉属昆虫，又称马蜩、齐女、螗、蜩、螳蜩、蝒、知了等。蚱蝉体长50~55毫米，翅展120~130毫米。身体为长圆形，黑色有光泽。头部前缘及头顶各有一块黄褐色斑，中胸背面后部有"×"形隆起，呈红褐色。头顶有3个单眼，排列成三角形。触角鬃状。背瓣完全盖住发声器，为酱褐色。腹瓣大，为舌状。前、中足腿节背面为红褐色。蝉用鼓膜振动发声，声音分外响亮。会鸣的蝉是雄蝉，有发声器，发出"吱——"的鸣声。这种歌声在雌蝉听来如美妙的乐曲。

人们常说薄如蝉翼。蝉有前后两对翅膀，是透明或者半透明状的，看起来好像轻盈无物，其实仔细看，翅膀上有黄褐色的脉纹粗壮且隆起。蝉有蜕皮的习性,"蝉蜕"可入药。

蚱蝉多生活在柳、杨、槐、法国梧桐、桃、李、苹果、梨、板栗等阔叶树木上,以刺吸式口器吸食植物汁液。7月下旬~8月中旬,雌蝉产卵于嫩枝中。全国广泛分布,以山东、河南、河北、湖北、江苏、四川等省尤多。蝉科在我国记载约100种。

《卫风·硕人》中有"螓首蛾眉"之句,螓是一种小蝉。古人认为:"言作蜻者,螓、蜻,声相转也。"《毛诗正义》又引舍人曰:"小蝉色青青者。某氏曰:'鸣蚻蚻者。'然则蚻蚻像其声,蜻蜻像其色。今验此蝉,栖霞人呼桑蠽蟟,顺天呼咨咨。其形短小,方头广额,体兼彩纹,鸣声清婉,若咨咨然,与蚻蚻之声相转关。"根据上述各种特征,现在认为螓是一种宽头宁蝉。

宽头宁蝉是蝉科的一种绿褐色或褐色的小蝉。头宽,腹部长于头胸部。单眼橘黄色,复眼褐色,后唇基褐色,喙管末端黑褐色。前胸背板边缘稍突出,前后翅透明,无斑纹。前翅前缘及基半部翅脉为绿褐至褐色,端半部翅脉为褐色。腹部为褐色,腹瓣为灰褐或绿褐色。雄性尾节小,后端呈现暗褐色;尾节中突小,着生于凹陷处;侧突很短,阳具鞘管状、细长。现今学者在湖南、四川曾采到宽头宁蝉标本。

《卫风·硕人》的诗句:"螓首蛾眉,巧笑倩兮,美目盼兮。"形容女子美丽,给后世文人创作打开了新思路,影响深远。比如,唐代白居易的《井底引银瓶》一诗:"婵娟两鬓秋蝉翼,宛转双蛾远山色。"唐代赵鸾鸾的《云鬟》一诗:"扰扰香云湿未干,鸦领蝉翼腻光寒。"

蚱蝉

明代汤显祖的戏曲《紫钗记·泪烛裁诗》:"惊魂蘸影飞,恨绕蓁蛾。"用"蝉翼""双蛾""蓁蛾"代指女性的容貌与肌肤。

古人以为蝉餐风饮露,是高洁的象征。如《唐诗别裁》说:"咏蝉者每咏其声，此独尊其品格。"因为赋予了蝉这种高洁的君子品格，古人对蝉的"滤镜"就十分厚了，从诗歌、画作、玉器等全方位表现蝉、赞美蝉。

比如，唐诗中咏蝉的诗有上百首，其中甚至出现了"咏蝉三绝"。虞世南的诗《蝉》："垂緌饮清露，流响出疏桐。居高声自远，非是藉秋风。"诗人一生如蝉之高洁，始终坚持正道而行，在纷纭乱世谨身守持，终于得逢明主，成就美名。唐太宗曾经屡次称赏虞世南的"五绝"（德行、忠直、博学、文词、书翰），此诗即是诗人借赞美蝉居高声远，表达自己勤于自勉。

骆宾王的诗《在狱咏蝉》："西陆蝉声唱，南冠客思侵。那堪玄鬓影，来对白头吟。露重飞难进，风多响易沉。无人信高洁，谁为表予心？"骆宾王在患难中，歌咏蝉的高洁品行，以蝉比兴，以蝉寓己，寓情于物，寄托遥深，蝉与人浑然一体。

李商隐的诗《蝉》："本以高难饱，徒劳恨费声。五更疏欲断，一树碧无情。薄宦梗犹泛，故园芜已平。烦君最相警，我亦举家清。"晚唐诗人李商隐一生在牛李党争中挣扎，漂泊不定，这首诗以蝉自喻，构思巧妙，感慨深沉。

此外，还有南宋词人王沂孙作词《齐天乐·蝉》："病翼惊秋，枯形阅世，消得斜阳几度？余音更苦。甚独抱清高，顿成凄楚。漫想薰风，柳丝千万缕。"这首词借咏秋蝉托物寄意，表达国破家亡、末路穷途的无限哀思。蝉是昆虫界微小之物。然而，调动历史的传说，加之丰富的联想，词人将蝉的命运、秋蝉的形神、家国的兴废、一代士人的生命悲剧都容纳于其中,他的自我,也深深嵌入其中。

古人爱蝉,不仅要把蝉写在诗词里,也将蝉雕刻在玉石之上,日常佩戴,彰显自己的君子品质。由此,诞生了我国的玉蝉文化。

新石器时代的红山文化、良渚文化、石家河文化等遗址中都发现了玉蝉。比如,内蒙古兴隆洼文化的青玉蝉形佩,采用琢磨工艺,造型简单古朴;辽宁红山文化的玉蝉,用浅浮雕技法,头眼大,身体肥壮,腰部有一对横穿孔,造型古拙;湖北石家河文化中的蝉形佩数量较多,有的宽首、凸圆眼,颈部有阴刻线纹和卷云纹,尾部圆钝,宽翅,末端弧形外撇;良渚文化的玉蝉以凹凸的弧线画出眼翅,线条流畅,对

秋蝉

昆虫篇　风枝惊暗鹊　露草泣寒虫

夏鸣蝉

称和谐。此时，人们认为玉蝉是能与天神相通的灵物。

商代时的玉蝉用于日常佩戴，形制古朴，雕刻粗放。形体较短，约为寸许，以片状居多。其纹饰有繁、简两种：繁者眼、翅、尾及背脊雕琢精细，较为少见；简者只刻画蝉形的大轮廓，忽略五官及羽翅，这种玉蝉所见较多。蝉身以阴刻线为主，直线多于弧线。

西周时期的玉蝉有商代遗风，但也出现了一些变化，其多在首端斜钻穿孔，不像商代那样通体垂直穿孔。玉蝉腹部开始出现纹饰，弧线多于直线。春秋战国时期，玉蝉造型逼真，趋向写实性和形象化，栩栩如生。蝉身出现丝束纹、网格纹等装饰纹样，此为战国时期青铜器等器物上的典型纹饰。

汉代玉蝉存世量极大，无论造型、纹饰还是雕琢技法均具有鲜明的时代特色。用玉讲究，玉料多为和田玉。蝉首端早期平直，后逐步变为弧凸，眼睛多位于首端两侧的转角处。纹饰多为直线，线条挺直，但双翅用弧线雕出，有的蝉在翅上饰翼脉纹。此时期玉蝉采用著名的"汉八刀"技法雕琢，线条粗犷有力。

汉代玉蝉一方面表达人们对子孙昌盛、永世相传的美好希冀，一方面表现高尚的君子之义，另一方面实现了玉器从作为礼器使用到主要作为佩戴饰品和殓葬使用的用途转变。

汉代玉蝉品类多样，造型复杂，用法不一，有佩蝉、琀蝉、貂蝉（缝在衣服上的玉蝉）、冠蝉（缝在帽子上的玉蝉）。

汉代人以玉蝉为琀（古代放在亡者口中的珠玉）有着深刻的寓意。一是一种殓葬礼仪，意味着不能空口而去；二是因为蝉的生理习性为脱壳再生，寄托了希望亡者像蝉一样蜕化再生的美好愿望。

唐宋时期，玉蝉退出口琀之用，在民俗文化中大显神通。因为蝉在民间被称为"知了"，所以小孩佩挂蝉形象的饰品寓意"机灵"，成人佩戴则图"吉利"，或寓意感情缠绵长久，或寓意腰缠万贯，或寓意一鸣惊人，等。蝉的谐音和形体都成为人们达成心理意愿的寄托。

明代玉蝉有薄片状和圆雕两种，多用粉皮青玉制作，双翅雕得较薄，近似透明，有立体感。

清代玉蝉多用阳纹线，蝉身有回纹、勾云纹装饰，精雕细琢。

鸟语虫鸣，人亦有感。人们希望像小小的蝉一样，虽然餐风饮露，但能顺天应时，无论生命有怎样的际遇，也要守护心灵的美好与高洁。

昆虫篇

风枝惊暗鹊
露草泣寒虫

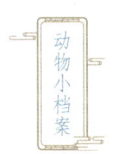
动物小档案

蚱蝉

Cryptotympana atrata

目、科、属：半翅目蝉科蚱蝉属

俗名：知了、马知了、黑蚱蝉、大黑蝉

形态描述：蚱蝉体长 50~55 毫米，翅展 120~130 毫米。体长圆形，黑色有光泽。头部前缘及头顶各有一块黄褐色斑。中胸背面后部有『X』形隆起，呈红褐色。头顶有3个单眼，排列成三角形。触角鬃状。背瓣完全盖住发声器，酱褐色。腹瓣大，舌状。前、中足腿节背面红褐色。前后翅透明或半透明，脉纹粗壮隆起，呈黄褐色。雄蝉有发声器。

181

蜉蝣

生如夏花之绚烂

蜉蝣之羽,衣裳楚楚。心之忧矣,于我归处。
蜉蝣之翼,采采衣服。心之忧矣,于我归息。
蜉蝣掘阅,麻衣如雪。心之忧矣,于我归说。

——《曹风·蜉蝣》

扫码获取
· 本诗注释
· 动物照片
· 原文朗读

昆虫篇
风枝惊暗鹊 露草泣寒虫

《曹风·蜉蝣》是一首叹息生命短暂、光阴易逝的诗，借蜉蝣这种朝生暮死的小虫写出了脆弱人生的短暂美丽和对于生命终将面临消亡的感伤、困惑。全诗三章，每章四句，一方面用"衣裳楚楚""采采衣服""麻衣如雪"，展现充满华彩、尽情绽放的生命光芒，令人惊艳；另一方面对美的赞叹伴随着昙花一现、浮生若梦的感慨，让人唏嘘。

世间万物，不过生死二字。然而如何度过短暂或漫长的一生，以何种态度面对时间的流逝和生命的短促，便是意义所在。

《庄子·逍遥游》篇有"朝菌不知晦朔，蟪蛄不知春秋"之句，意思是蜉蝣类似朝菌，蜉蝣生命短暂，有朝生暮死的说法。蜉蝣活一日，人生数十年，两相比较，蜉蝣的生命何其微小，何其短暂。可与这浩浩天地相比，一日和数十年，蜉蝣和人类，没有什么区别，人之生死也如蜉蝣的生死，转瞬而已。

对待生死，有人贪生怕死，有人生不如死，有人浑不畏死，有人淡然生死。庄子是后者。

《庄子·列御寇》中说："庄子将死，弟子欲厚葬之。庄子曰：'吾以天地为棺椁，以日月为连璧，星辰为珠玑，万物为赍送。吾葬具岂不备耶？何以加此！'弟子曰：'吾恐乌鸢之食夫子也。'庄子曰：'在上为乌鸢食，在下为蝼蚁食，夺彼与此，何其偏也！'"生死大事，庄子说来却淡似春梦，了然无痕。对自己的死生看得如此轻淡，对于妻子之死，庄子更是"箕踞鼓盆而歌"。

感叹庄子对于生死的淡然，如感慨蜉蝣对朝而生暮而死的短促生命不以为意一样。活着的每一天，歌唱，自在；死后，无虑无忧。"生如夏花之绚烂，死如秋叶之静美"，生死之间，热烈而精彩地绽放，完成自己的使命之后，归去便是。

春秋时，曹国是一个位于齐、晋之间较小的诸侯国，曹国的曹共公生活腐化，令当时曹国的百姓感到悲观失望。据记载，晋公子重耳落难之时经过曹国，曹共公对待重耳十分无礼。于是，晋文公即位后，讨伐曹国，曹共公被俘。晋、楚城濮之战，楚国失败，曹国依附于晋国。

本诗之所以用"蜉蝣"起兴，是因为曹国有很多湖泊，这样的环境非常适宜蜉蝣生存。曹国人对于蜉蝣非常熟悉，当时曹国国力单薄，时常处在大国威逼之下，这样的形势，也让曹国的士大夫对人生产生了很多忧惧和感伤，常感觉人生无常如蜉蝣朝生暮死。

来看一下关于蜉蝣的科学解释。

《本草纲目》卷四十一蜣螂条（附录）"蜉蝣"记载："蜉蝣一名渠略，似蛣蜣而小，大如指头，身狭而长，有角，黄黑色，甲下有翅能飞。夏月雨后丛生粪土中，朝生暮死。猪好啖之。人取炙食，云美于蝉也。……或曰：'蜉蝣，水虫也。状似蚕蛾，朝生暮死。'"据李时珍记载，蜉蝣是一种类似蚕的水虫，生命短暂，早上出生，晚上死亡。

蜉蝣之名，古今一致，种类甚多，主要分布在热带至温带的广大地区。全世界已知有2300余种。中国已知有300余种。以常见种释之。

蜉蝣是蜉蝣目蜉蝣科的小型昆虫，通称为蜉蝣，又称渠略、蜉蝤、白露虫等。身体细长而纤弱，稚虫生活在水中，腹部背板的斑纹与雄成虫类似，尤其是 7~9 节，明显各具有 1 对斜纹。雄成虫体长 15~17 毫米，尾丝 35 毫米。腹部背板的斑纹排列：第 1~9 节背板各具有 1 对褐色斜纹，后面体节的斑纹较前一节的稍细，第 9 节的斑纹最细，接近于平行地向后延伸，第 10 节背板无色斑。腹部各腹节的斑纹与背板相似。阳茎基部合并，端部略分开。蜉蝣一旦发育成成虫就要在一天之内飞舞，交配，结束生命。

它的稚虫羽化后成为亚成虫。亚成虫再蜕皮一次就变为能交尾、产卵的成虫（个别种类的亚成虫也能交尾、产卵）。亚成虫和成虫都能够在空中飞行。蜉蝣的亚成虫和成虫的口器退化，不具有取食功能。

蜉蝣虽然小，但是有一种精巧的美丽。它有一对相对其身体来说非常巨大的、完全透明的美丽翅膀，翅膀上还有 2~3 条长长的尾须，当它们在空中飞舞时，姿态就像在跳舞一样，显得纤巧动人。蜉蝣生长在水泽地带，幼虫时期是比较长的，甚至可以活两三年。在漫长的时间里，蜉蝣积蓄着力量，汲取着天地之间的能量，在日升月落间壮大着自己，等到有朝一日化育成虫后，就将所有的力量爆发出来。它们披着美丽的衣裳，用短暂的生命换来辉煌的一天。夕阳下，展翅飞舞的蜉蝣像是在花园中徜徉的仙女，它们完成繁衍物种延续后代的使

蜉蝣

命之后就结束生命,那坠落一地的蜉蝣啊,恰似盛大的烟花绽放,如梦似幻,惊心动魄。

蜉蝣的生活史非常有趣,古人说蜉蝣是不饮不食,朝生暮死的短命虫。《淮南子》记载:"鹤寿千岁,以极其游;蜉蝣朝生而暮死,而尽其乐。"它的生命仅有几个小时。然而在这几个小时内,要经过两次蜕皮,练习飞行,恋爱,交尾,产卵,非常忙碌。因此,亚成虫期与成虫期所需能量全部来自稚虫期的积累。蜉蝣成虫的唯一功能和任务就是交尾、产卵。春夏夜晚,成群飞于河畔或池塘上进行交尾,不再进食,后即死去,生命极短促。

古人感叹人生苦短,生命只是弹指一挥间。蜉蝣这种短命的小生灵,最早出现在《诗经》中,说明古人对蜉蝣的外观和生活习性观察得很细微,这为后人感叹和咏怀提供了极好的素材。苏东坡在《前赤壁赋》中油然感慨:"寄蜉蝣于天地,渺沧海之一粟,哀吾生之须臾,羡长江之无穷。"他被贬黄州三年,以豁达的胸襟徜徉山水间,领悟到"惟江上之清风,与山间之明月,耳得之而为声,目遇之而成色,取之无禁,用之不竭。是造物者之无尽藏也"。所以,"纵一苇之所如,凌万顷之茫然",心中又有何惧?

那个以旷达胸襟唱着"人生如梦,一尊还酹江月"的苏轼;那个被贬黄州还曾写下《猪肉颂》"待他自熟莫催他,火候足时他自美""早晨起来打两碗,饱得自家君莫管"的美食家苏轼;那个被贬蛮荒之地惠州,唱着"日啖荔枝三百颗,不辞长作岭南人"的苏轼,认为每一天都是最好的日子，因为心中风轻云淡，天高地阔，所以"莫听穿林打叶声，何妨吟啸且徐行。竹杖芒鞋轻胜马，谁怕？一蓑烟雨任平生"。

你听唐代司空图在《酒泉子·买得杏花》中说："旋开旋落旋成空，白发多情人更惜。黄昏把酒祝东风，且从容。"他写下《二十四诗品》，无论是返虚入浑，积健为雄，这种阔大得莽莽苍苍的境界，这种内蕴的遒劲磅礴的生命力；还是饮之太和，独鹤与飞，在虚静中洞察宇宙间一切微妙的变化；抑或是眠琴绿荫，赏雨茅屋，以随遇而安的高雅情趣伴着书香，度过每一个年华。这些都体现出他对流水今日，明月前身，超心冶炼，让灵光隐泛，于纤尘不染里照彻万物的生命变幻之感悟，塑造了一个青春鹦鹉，杨柳楼台，活力四射的精神世界。在这个世界里水流花开，浑然天成，如同春绿天涯，如同雪月交辉。

人如蜉蝣一般，虽然渺小，但要积蓄生命的力量，创造自己的价值，学会享受生活。有时，不妨把生命看成一个审美化、艺术化的过程，赋予它无穷的新鲜和魅力。想象一下，夏日山坡上，松林俊逸而深绿，坡下有清波潺潺地流淌。冬日天晴，汀上还积满白雪，野溪的隔岸横着一条渔舟。高洁的文士白玉般清雅秀美，飘然漫步，探美寻幽。行行复停停里悠然自在，这山野多空旷，碧天悠悠。

古风犹存呵，无心地游荡。神态淡定呵，真美不胜收。仿佛是月色澄明的曙天，仿佛是气韵高爽的新秋……

宗白华在《论〈世说新语〉和晋人的美》中论及"美的价值是寄于过程的本身，不在于外在的目的"时说："这截然地寄兴趣于生活过程的本身价值而不拘泥于目的,显示了晋人唯美的生活的典型。"

如此,自己亲手制作的衣裳楚楚动人,而心灵的家园如此美丽,何处不是归宿?

珍惜每一个当下,去做喜欢做的事情,去做有意义的事情,去承担自己此生的使命。

如哲学家冯友兰把人生分为四种境界。第一种是自然境界,在此境界中人,其行为是顺着他的才能或者顺着他的习惯与社会风俗去做。既无明了的目的,也不明了所做的各种意义;第二种是功利境界,其行为以追求个人的利益为目的;第三种是道德境界,其特征是在此境界中的人,其行为是行义的,其所作所为皆能为社会谋利益,古今贤人及英雄已达到这种道德境界。第四种是天地境界,其行为是事天的,其精神充塞于天地之间,其事业贡献于社会,更能贡献于宇宙,从而与天地比寿,与日月同光。唯大圣大贤才能达到这个境界。

天地境界中的人,一切皆以服务宇宙为目的。他们对于生死的见解,既无所谓生,复无所谓死;他们认为在社会之上,尚有一个更高的全体——宇宙。古往今来,上下四方,他们所做的事,便是为宇宙服务。

《中庸》说圣人可以"赞天地之化育"。他们能够了解天地的化育,所以始能顶天立地,与天地并列第三。《庄子·应帝王》说:"至人之用心若镜,不将不逆,应而不藏,故能胜物而不伤。"

愿我们以超越的精神,以审美的态度,行走在如梦的人生旅途。

昆虫篇

风枝惊暗鹊
露草泣寒虫

动物小档案

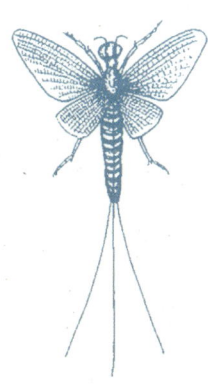

条纹蜉

Ephemera strigata

形态描述：雄成虫腹部第1~9节背板各有1对斑纹，第1~6节背板上斑纹较粗，且呈「V」形，第7~9节上斑纹较细，第1~8节腹板上各有1对呈「八」形纵纹，第9节具有1对平行的纵纹。尾铗4节，阳茎中央凹入，顶端分开

目、科、属：蜉蝣目蜉蝣科蜉蝣属

游鱼篇

鱼戏莲叶南
鱼戏莲叶北

宋·落花游鱼图（局部）

鱣与鲔
古生物的活化石

硕人其颀,衣锦褧衣。齐侯之子,卫侯之妻,东宫之妹,邢侯之姨,谭公维私。

手如柔荑,肤如凝脂,领如蝤蛴,齿如瓠犀,螓首蛾眉,巧笑倩兮,美目盼兮。

硕人敖敖,说于农郊。四牡有骄,朱幩镳镳,翟茀以朝。大夫夙退,无使君劳。

河水洋洋,北流活活。施罛濊濊,鱣鲔发发,葭菼揭揭。庶姜孽孽,庶士有朅。

——《卫风·硕人》

扫码获取
· 本诗注释
· 动物照片
· 原文朗读

游鱼篇 鱼戏莲叶南 鱼戏莲叶北

《卫风·硕人》开启了后世博喻写美人的先河。"巧笑倩兮,美目盼兮"一句更是传神生动,永恒定格了中国古典美人的曼妙姿容,历来备受推崇。此诗描写齐女庄姜出嫁卫庄公的盛况,着力刻画了庄姜高贵、美丽的形象。全诗四章,每章七句,描写细致,比喻新鲜,是中国古代文学中最早刻画女性容貌美、情态美的优美篇章。清代姚际恒在《诗经通论》中曾评价这首诗:"千古颂美人者,无出其右,是为绝唱。"

千年以后,我们仿佛仍能看到这样一位娴雅美丽的女子,衣袂飘飘,袅袅婷婷,明眸善睐,巧笑嫣然,以绝世仙姿,俏立于黄河岸边。

黄河里的鳣鱼和鲔鱼也欢快地活蹦乱跳,似乎为她着迷,为她欢喜。这一块地大物博、宽广丰饶的土地,养育才德兼备的女子,培养威武健壮的男子,也喂养出肥美的大鱼,它们是如此鲜美、灵动,恰似生活的河流里,人们对新人的期许和祝福。

"日见巴东峡,黄鱼出浪新"

来看看鳣是怎样的鱼吧。

《尔雅·释鱼》"鳣"条目有晋郭璞注:"鳣,大鱼,似鱏而短,鼻在颔下,体有邪行甲,无鳞,肉黄,大者长二三丈,今江东呼为黄鱼。"明代李时珍的《本草纲目·鳞三·鳣鱼》有:"(释名)黄鱼,蜡鱼,玉版鱼。"鳣和黄鱼是鳇鱼的古称,故以今之鳇鱼释之。

鳇是鲟科鳇属鱼类,又称鳣、黄鱼、腊鱼、玉板(版)鱼、东亚鳇鱼、牛鱼。体形粗长。最大个体可达5.6米,体重1000千克以上。一般性成熟在16龄以上的鳇鱼,体长在230厘米左右,体重约70千克。

鳇鱼长什么样呢?它头尾尖细扁平。头大嘴大眼小,整个鱼头看上去像三角形。半月形的嘴前方有2对须,内侧一对稍前。左右鳃盖膜相连。整条鱼背是青灰色,侧面色略淡。身体上有5行骨板状硬鳞,各鳞片有微弯的锐棘。鳞间皮肤摸起来很粗糙。背鳍1个,位于身体后方。臀鳍始于背鳍后部下方。尾鳍为歪形尾。

鳇鱼是很珍贵的大型淡水鱼类。多栖息于砾石和沙质水底,以及水流较缓的江岔和大江干流之中。它们一般分散活动,其活动又常与水位涨落及觅食等密切相关。冬季它们集中在河水深处,到了春季,成熟个体游到上游产卵繁殖。一般雌性个体在16~17龄时才能成熟,雄性个体成熟稍早。产卵期从5月底至7月初,通常7天孵出幼鱼。幼鱼以浮游生物、底栖动物等为食,第二年改为以食鱼为主。成鱼几乎全部取食其他鱼类,主要捕食鲑科鱼类。鳇鱼的卵有毒,误食会导致呕吐、腹痛、腹泻、呼吸困难,严重的会造成瘫痪。其鱼鳔和脊索均可制鱼胶,不仅具有极高的经济价值,在学术研究上也具有重要的意义。

鳇鱼是中国淡水鱼中体型最大的鱼类。它主产于黑龙江水域,身躯庞大,为大型食肉性鱼类。它以寿命长、身体大、食量多、力量强而著称,被誉为"水中活化石""水中熊猫",有淡水鱼王的美称。在中国与俄罗斯的界江——黑龙江从上游至下游,乌苏里江、松花江下游均有分布。

关于鳇鱼的名称来历,有这样一个传说。乾隆年间,强勇剽悍的赫哲族人在黑龙江中捕获了一条十分古怪的大鱼，当时，谁都没有见过这么大的鱼，感到非常惊奇。按照当时的惯例，凡是民间珍稀的物品都要送到京城献给皇帝。

人们将这条大鱼进行检验，认为这鱼肉不仅无毒，而且是上等的美味，于是，进献皇宫。皇宫御膳房赶紧做了一大盘美味的鱼肉，请乾隆皇帝品尝。乾隆皇帝品尝了一口，顿时感到满口鱼香，龙颜大悦，当即赋诗一首。站在一旁的大臣请皇上给大鱼赐名。乾隆想了想说，这条大鱼是目前发现的淡水鱼中最大的鱼，可称作鱼王。那么从今儿起它作为皇家贡品，每年都要进贡。为皇家作贡品的大鱼王就叫皇鱼吧！后来有人将皇鱼改称为鳇鱼。于是，鳇鱼之名流传至今。

"所喜鲟与鳇，得之为尤物"

关于鲔鱼，《辞源》这样解释："鲔：鱼名。鲟鱼。"我国现有鲟鱼多种，较常见的有三种：东北鲟、中华鲟和长江鲟。中华鲟曾分布较广，故以中华鲟释之。

《本草纲目》卷四十四鲟鱼篇中说："（释名）鱣鱼（寻、浔二音）、鲔鱼（音洧）、王鲔（《尔雅》）、碧鱼。时珍曰：'此鱼延长，故从寻从覃，皆延长之义。'《月令》云：'季春，天子荐鲔于寝庙，故有王鲔之称。'郭璞云：'大者名王鲔，小者名叔鲔，更小者名鮥子（音洛）。'李奇《汉书》注云：'周洛曰鲔，蜀曰鮣鳣（音亘憎）。'《毛诗义疏》云：'辽东、登、莱人名尉鱼，言乐浪尉仲明溺海死，化为此鱼。盖尉亦鲔字之讹耳。'《饮膳正要》云：'今辽人名乞里麻鱼。'"

中华鲟又称鲔鱼、大腊子、黄鲟、鲟鱼。它体形如长梭。雄鱼年龄组为9~22龄，体长为1.7~2.4米，体重为40~125千克；雌鱼年龄组为16~20龄，体长为2.4~3.1米，体重为172~300千克。胸腹部平坦。尾细。头呈三角形。吻尖长上翘。口下位，横裂，能自由伸缩。唇具乳突。须2对，横排。眼睛甚小。鼻孔大，鳃孔大。鳃弓肥又厚，棒状鳃耙，稀疏排列。头部及体背侧青灰色，略带褐色；腹面灰白；鳍灰色。体有5行骨板状硬鳞，背行较大，鳞间皮肤光滑。背鳍位后；胸鳍发达；尾鳍歪形，较发达。

中华鲟生活在大江和近海中，为底性、洄游或半洄游性鱼类。5~6月群集于河口，秋季上溯到江的上游。每年秋季10~11月份，性成熟个体溯至金沙江产卵，卵很大，沉到水底，黏附于砾石上孵化。孵化出的幼鱼游到沿海觅食成长。中华鲟以摇蚊和水生昆虫幼虫、软体动物、小鱼等为主要食物。近代分布于近海及长江、珠江、闽江、钱塘江、黄河等江河。目前黄河、闽江、钱塘江均绝迹，珠江极少，长江现有量较大。鲟鱼被列为国家一级野生保护动物。1998年，联合国《华盛顿公约》将全世界野生鲟鱼认定为濒危动物，列入《濒危野生动植物种国际贸易公约》。

在《山海经·东山经》中，有如下的记载："又南水行七百里，曰孟子之山，其木多梓桐，多桃李，其草多菌蒲，其兽多麋鹿。是山也，广员百里。其上有水出焉，名曰碧阳，其中多鳣鲔。"

鳣是鳇鱼，鮪是鲟鱼。西晋时为《山海经》作注解的郭璞解释："鮪即鳣也，似鳣而长鼻，体无鳞甲。"也就是说，鮪虽然样子与鳇鱼相似，但鲟鱼的吻部又尖又长，还向上翘起，好像长了一个"长鼻子"，这是鳇鱼和鲟鱼一目了然的区别。

宋代人可能经常见到鲟鱼，在现在流传下来的诗文和故事中，可以找到许多和鲟鱼有关的事情。

陆游曾经在九华山附近的海根港（今安徽贵池区江段名），看见"巨

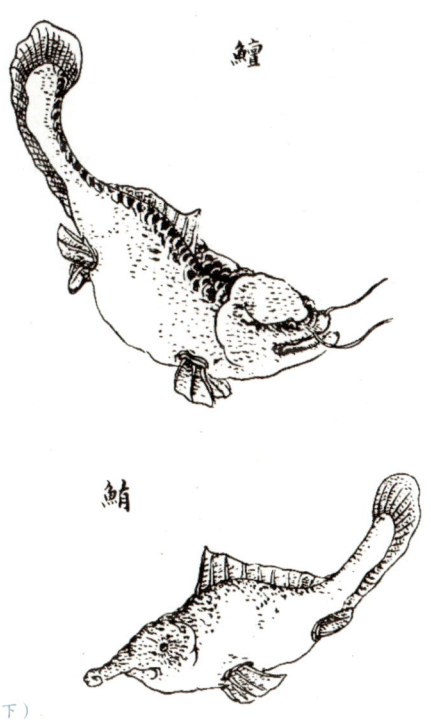

鳇鱼（上）和中华鲟（下）

鱼十数,色苍白,大如黄犊,出没水中,每出,水辄激起,沸白成浪,真壮观也。"体青黄色、腹白色,陆游所见大概率就是鲟鱼。而现在能找到的史料记载:唐宋时期,在长江中游的一些石矶急滩地带,往往汇聚众多的鳣鱼。陆游的《入蜀记》记载了鄂州金鸡洑出现鲟鱼的场景:"矶不甚高,而石皆横裂,如累层璧……洑中有聚落,如小县,出鲟鱼。"许多鲟鱼还溯汉水而上,到达叙州地段,即今宜宾一带。

现在珍贵稀少的鲟鱼,没想到,在宋代竟然可以被端上餐桌。大诗人苏东坡就吃过鲟鱼。1064年,他在凤翔任上,有人送了他一条长安附近出产的鱼,味道十分鲜美,他吃得津津有味,"香粳饱送如填堑"。这让他不由地想起五年之前,"早岁尝为荆渚客,黄鱼屡食沙头店","黄鱼"是江东人对鲟鱼的称呼。嘉祐四年(1059)冬天,苏东坡及父亲、兄弟三人自眉州顺三峡出川,取道荆沙、襄阳而赴汴梁,在荆沙逗留时,正是鲟鱼溯江而上的产卵期,所以,苏东坡才会"屡食"鲟鱼。可见,那时候的鲟鱼并不珍贵,"滨江易采不复珍,盈尺辄弃无乃僭"。

鳣和鲔,两类大鱼,在浩浩汤汤的黄河水里跃动,和庄姜出嫁的豪华阵容颇为相称。

命运似乎赐予她一切美好,高贵的家世,精致的容颜,贞静的品性,盛大的婚礼,幸福的归宿。

《论语·八佾第三》中,子夏问曰:"'巧笑倩兮,美目盼兮,素以为绚兮',何谓也?"子曰:"绘事后素。"曰:"礼后乎?"子曰:"起予者商也!始可与言《诗》已矣。"

这里引用《卫风·硕人》诗中对庄姜美貌的形容,孔子以绘事喻诗,说绘画必须先铺一块素底,然后才能在此素底上施彩绘画。意思是面颊和双目是美的基础,笑倩盼动则是美的姿态。必先有美的基础,而后才有美的姿态。

子夏由诗悟礼,所以问孔子:"礼在忠信后吗?"礼以忠信为前提,不忠不信之人学不到礼。孔子称许子夏说:"子夏能发挥和阐明我未言之意,可与他一起谈论《诗》了。"学诗要有悟性,以悟言外之意。子夏悟到要以忠信为主,礼在端正的心底和品性后。

这也许是孔子用心编《诗经》的原因,他说:"诗三百,一言以蔽之,思无邪。"

恰如《卫风·硕人》中的庄姜,美丽与贤德兼备,且正是她的贤淑贞静,知书达理,更让卫国人怜悯同情她后来的遭遇,作诗赞美她,声援她。

说到礼,不能不提到《周颂·潜》。这首诗是记述周天子以各种嘉鱼献祭于宗庙盛况的简短乐歌,写在漆水、沮水的深处,藏有各种各样肥美的鱼,把它们打上来祭祀祖先,祈求祖先神灵保佑。全诗篇幅虽短,但写得形象生动,意蕴丰富,趣味盎然。

《周颂·潜》有诗句:"有鳣有鲔,鲦鲿鰋鲤。"此句一口气提到六种鱼。清代方玉润《诗经原始》记载:"冬令鱼潜不行而肥美,凡鱼皆可荐之时也。故总举六鱼,随荐皆可,用以为乐。若季春,鲔始出而游,阳鱼之先至者也,故单荐鲔。"鳣是鳇鱼,鲔即鲟鱼,鲦、鲦、鳏、鲤分别指白条鱼、黄颊鱼、鲇鱼、鲤鱼。

鳣鱼和鲔鱼，屡见于古诗中。《小雅·四月》中有"匪鳣匪鲔，潜逃于渊"的比拟，先秦宋玉《高唐赋》中有"鼋鼍鳣鲔，交积纵横"的描述；唐代杜甫以《黄鱼》抒怀："日见巴东峡，黄鱼出浪新。"宋代张元干《游东山二咏次李丞相韵·鳣溪》用笔奇特："寒木高萝几曲溪，断碑零落卧荒祠。澄潭想像云头涌，悬瀑依稀雨脚垂。"

"施罛濊濊，鳣鲔发发"，鳣鱼和鲔鱼在诗中鲜美千年，正如"硕人"庄姜，"巧笑倩兮，美目盼兮，素以为绚兮"，令人神往。

游鱼篇

鱼戏莲叶南
鱼戏莲叶北

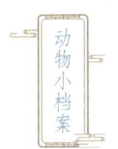
动物小档案

鳇

Huso dauricus

目、科、属：鲟形目鲟科鳇属

俗名：黄鱼、腊鱼

形态描述：体长 61~328 厘米。头平扁。吻呈三角形。口呈半月形。须 2 对。左右外鳃孔在峡部会合。鳃耙 16~20 片。体被 5 行骨质鳞。背部骨质鳞 10~16 片，体侧骨质鳞 32~46 片，腹部骨质鳞 8~12 片。尾鳍歪形。体背青灰色，腹部白色

现状：野生鳇鱼是国家一级重点保护动物

201

动物小档案

中华鲟

Acipenser sinensis

目、科、属：鲟形目鲟科鲟属

俗名：鲔鱼、黄鲟、鲟鱼

形态描述：体形如长梭，体长1米以上。胸腹部平坦。尾细。头呈三角形。吻尖长上翘。口下位，横裂，能自由伸缩。唇具乳突。须2对，横排。眼睛甚小。鼻孔大。鳃孔大，鳃弓肥又厚，棒状鳃耙，稀疏排列。头部及体背侧青灰色，略带褐色，腹面灰白。鳍灰色。体有5行骨板状硬鳞，背行较大，鳞间皮肤光滑。背鳍后位，胸鳍发达；尾鳍歪形，较发达。鳍及尾鳍的基部具棘状鳞

现状：被列入世界自然保护联盟濒危物种红色名录极度濒危物种

游鱼篇
鱼戏莲叶南
鱼戏莲叶北

鲨与鲂

性格凶猛与憨态可掬

敝笱在梁,其鱼鲂鳏。齐子归止,其从如云。
敝笱在梁,其鱼鲂鱮。齐子归止,其从如雨。
敝笱在梁,其鱼唯唯。齐子归止,其从如水。

——《齐风·敝笱》

扫码获取
· 本诗注释
· 动物照片
· 原文朗读

《齐风·敝笱》是一首带有讽刺意味的诗。本诗描述齐襄公的妹妹、鲁国国母文姜回齐国探亲时的盛大场景。全诗三章,一唱三叹,以"如云""如雨""如水"写随从众多,以新鲜的比喻衬托文姜归省的风光旖旎、万众瞩目。但以"敝笱在梁"起兴,显得意味深长。鱼篓摆在鱼梁上,本意是要捕鱼,可是篓是如此破,小鱼、大鱼都能轻松自如地游过,那形同虚设的"敝笱"就没有什么价值。借此暗指文姜的不守礼法。

据《左传·桓公十八年》所载史实:文姜是齐襄公的同父异母的妹妹,嫁与鲁桓公后,仍和其兄关系暧昧。桓公十八年(前694),鲁桓公要到齐国修好,夫人文姜也随之前往,途中牛骑随行浩浩荡荡。至齐后,文姜与其兄的逾矩行为被其夫发现并加以责备,文姜便把此事告诉了齐襄公。酒宴后,鲁桓公即将乘车回国,齐襄公派公子彭生将鲁桓公在车中杀害。这是《齐风·敝笱》一诗的写作背景。

透过历史的云烟,让我们沿时间的长河顺流而下,和鳏鱼一起去看一看春秋四大美女之一的文姜最初和最后的模样,她的爱恨情仇,她的功过得失。

《齐风·敝笱》中"敝笱在梁,其鱼鲂鳏"和"敝笱在梁,其鱼鲂鲔"两句提到了三种鱼:鳏、鲂、鲔。本篇重点介绍鳏和鲔,鲂鱼的故事留待下一篇讲述。

"鳜鱼空恋穴,独鸟未离柯"

鳡鱼,即《齐风·敝笱》中的鳏鱼。鳡属鱼纲鲤形目鲤科,又称大口鳡、竿鱼、水老虎等。长江中雄鱼成熟年龄为3龄,体长约67厘米;雌鱼在4冬龄以上,体长约93厘米。鳡的体形为略微侧扁的长筒形,腹部圆,头小且尖。口端位(上嘴唇和下嘴唇处在同一平面上),裂大,吻尖似喙。鳡是没有鱼须的。小小的两个眼睛长在头部两侧。鱼鳞很小,有完整的侧线。背鳍有3条,很小,其起点位于腹鳍之后;臀鳍有3条;尾鳍分叉很深。体色微黄,背部灰黑,腹部银白,背鳍、尾鳍青灰色,

鳡鱼

颊部及其他各鳍淡黄色。

鳡的生殖季节在 4 月下旬到 6 月中旬，南方较早，而黑龙江地区 6 月末 7 月初才开始。它们分批产卵，卵大，受精卵吸水膨胀，卵径为 5.3~6.8 毫米，随水漂流。水温为 20℃时，卵经 40 个小时就可以孵出鱼苗，才出壳的鱼苗通体淡黄色，身体细长。幼鱼从江河游到附属水体中摄食、肥育，到秋季时幼鱼和成鱼又回到江河中去越冬。鳡的生长十分迅速。1~6 龄之间，每年体重可以翻一番。

鳡是大型肉食性淡水鱼类。它体形修长，游泳力极强，性格凶猛，堪称"水中一霸"，又有人叫它"水老虎"。它生活于水中上层，以其矫健善泳的特性，常袭击和追捕其他鱼类。且被其他鱼类追到就很少有逃脱者，所以渔民通常视之为"蛇蝎"。

我国古籍早有鳡是凶猛鱼类的记载，如《本草纲目》释名，说鳡鱼又名鳏鱼。"鳡，敢也。鳏，脂也。鳏音陷，食而无厌也。健而难取，吞啖同类，力敢而脂物者也。其性独行，故曰鳏。《诗》云其鱼鲂鳏是矣。"鳡是勇敢的意思，鳏是贪食无厌的意思，说鳡鱼体健不易捕到，能吞食同类。体重 15 千克的鳡能吞食 4.5 千克的鲤鱼和鲢鱼。

鳡属只有鳡鱼 1 种，国内分布很广。我国除西北、西南以外，从北到南各大水系均有。其生长迅速，个头大，天然产量高，肉质鲜美，脂肪丰富，是上等食用鱼类，经济价值较高。

《释名·释亲属》记载："无妻曰鳏。鳏，昆也；昆，明也。愁悒不寐，目恒鳏鳏然也。故其字从鱼，鱼目恒不闭者也。"后因以"鳏鱼"谓郁悒不寐。"鳏"与"夫"合起来就是"鳏夫",指丧妻的男人。

古人发现,鳏鱼没有眼皮,也从来不会闭眼睛,于是就从它的这一生态特性上,延伸出了一个典故"鳏鱼不闭眼"。唐朝诗人元稹的妻子韦丛即英年早逝。他丧妻后,在悼念妻子的《遣悲怀·其三》中,写道:"惟将终夜长开眼,报答平生未展眉。"丧妻的男人忧愁郁闷睡不着觉,长夜漫漫,一直睁着眼睛,就像鳏鱼一样。借用"鳏鱼不闭眼"的典故,誓言自己将"终夜常开眼",表达了对爱妻的深深怀念。金代诗人元好问也有化用这一典故的诗:"鳏鳏鱼目漫漫夜,盼到明星老却人。"

古诗中常见咏鳏鱼的诗。宋代陆游《晚登望云》有诗句:"衰如蠹叶秋先觉,愁似鳏鱼夜不眠。"宋代刘过作词《浣溪沙·春晚书情》:"海燕成巢终是客,鳏鱼入夜几曾眠。"清代乔崇烈有诗《立秋日枕上》:"笛簟初宜夜,鳏鱼自怆情。"宋代梅尧臣有《秋日舟中有感》一诗:"鳏鱼空恋穴,独鸟未离柯。"

若真如《齐风·敝笱》所说,文姜与齐襄公有不合礼法的旧情,是否文姜出嫁那一刻,在齐襄公心里,有种如失去爱人般的疼痛?文姜多年后归来,让他生出如在梦里的痴情?

情欲的烈火燃烧,让两人不顾道德,丧失理智,做出了逾矩之事。那么甜蜜那么缠绵,又那么难以启齿。

终究,风言风语还是被鲁桓公听闻,他大怒,质问斥责文姜。文姜泪如雨下,却无法掩饰,难以解释。

是否，在归来的那一刻，她已经想到了结局，她已经不再想返回鲁国，无论如何，也要距离日思夜想的哥哥近一些，再近一些？

又或者，只是因为私通之事败露，让她不想再欺骗夫君，索性把鲁桓公的愤怒责骂告诉齐襄公，看看哥哥怎么处理。

无论私情之事是否为真，今人也无法得知齐襄公杀鲁桓公这件史实的真实目的了。

历史只记载下，齐襄公设宴款待鲁桓公后，派公子彭生送鲁桓公回程。彭生力大如牛，一只胳膊夹着鲁桓公就上了车，结果鲁桓公被夹断三条肋骨，在车上吐血而亡。

为了息事宁人，齐襄公斩彭生以赔罪。12岁的公子同继位，是为鲁庄公。文姜不愿返回鲁国，后来，就在两国边境的禚地修建了宫殿，齐襄公也在附近修建了行宫。公元前686年，齐襄公遇害身亡，而文姜一直留在齐鲁两国交接的禚地。

"鱼之美者曰鲔"

《齐风·敝笱》中的鳏鱼，即鲢鱼。李时珍说："鱼之美者曰鲔。"宋代文学家，也是陆游的祖父陆佃说："鲔，好群行相与也，故曰鲔；相连也，故曰鲢。"

鲢鱼是鲤形目鲤科鲢属的鱼类，又称鲔、鲢子、白鲢、鲔鱼、白鲔、白脚鲢。体色银白，背部稍暗，胸、腹鳍均为灰白色。成熟的鲢鱼体长可达1米余，体形侧扁，稍高。腹缘胸鳍至肛门有棱。鲢鱼的长相比较独特，鱼头扁大，吻部短而圆，鱼嘴宽大稍向上斜裂。最特别的是，鲢属的鱼眼睛在嘴巴所处水平线之下。看起来头大嘴噘，眼睛挤在嘴下面，长相又老实又笨拙，不太聪明的样子。鲢鱼的鱼鳞小，侧线完全，前段弯向腹侧，后延至尾柄正中。背鳍短，无硬刺，腹鳍短，臀鳍较长，无硬刺，尾鳍深分叉。

鲢鱼是我国四大家鱼（青鱼、草鱼、鲢鱼、鳙鱼）之一。鲢鱼栖息于水体的中上层，属淡水鱼类。鲢鱼性格活泼，还容易受惊吓，受到惊动时，就摇摆着鱼尾跃出水面。它们以浮游植物为主食，也食浮游动物。成长3年就是成熟的鲢鱼了，鲢鱼的繁殖季节在4~7月间。在流水的中上层产卵，刚孵出的仔鱼（鱼苗）随水漂流。

鲢鱼分布广泛。从黑龙江到珠江水系均有分布，以湖南、湖北产的最好，四季均产。具有适应性强、生长快、个体大，以浮游植物为食等优点，因此是水库、池塘养殖的重要鱼种。天然产量也大，经济价值较高。

大概，文姜就像鲢鱼般，连接起了齐鲁两国的命运。

此后，文姜一心一意地帮儿子处理国政，以卓越的政治才能斡旋于各诸侯国，充分展现了她政治上的敏锐洞察力和纵横捭阖的外交智慧。长勺之战中，她帮助鲁国一举击败了齐国，使得齐桓公受到了一次重大的挫折，间接促成数年后齐鲁息兵言和。在她的精心打理下，鲁国一跃成为春秋时期实力最雄厚的诸侯国之一。鲁庄公成为贤明的鲁国国君，其中少不了文姜的培养之功。

公元前 673 年,文姜走完了她毁誉参半的一生。在情感困境和尴尬的命运之网中,她在一定程度上实现了自我价值的认知和突破。

她去世后,鲁庄公大赦天下,鲁国百姓对她更是心存感激。从她的谥号"文",也可以看出后人对她的评价颇高,所谓"经纬天地曰文""慈惠爱民曰文"。

游鱼篇
鱼戏莲叶南
鱼戏莲叶北

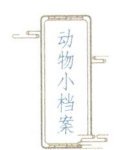

鱤

Elopichthys bambusa

目、科、属：鲤形目鲤科鱤属

俗名：大口鱤、竿鱼、水老虎

形态描述：体细长，稍侧扁，腹部圆，无腹棱。头长而前端尖，吻尖，呈喙形，吻长远超过吻宽。口大，端位，口裂末端可达眼前缘的下方。下颌前端有一坚硬的骨质突起。眼中等大，向两侧突出，下咽齿3行。鳞小，侧线鳞。背鳍3条，很小，其起点位于腹鳍之后，臀鳍3条，尾鳍分叉很深。生活时体色微黄，背部灰黑，腹部银白，背鳍、尾鳍青灰色，颊部及其他各鳍淡黄色

211

动物小档案

鲢

Hypophthalmichthys molitrix

目、科、属：鲤形目鲤科鲢属

俗名：鲢子、白鲢、鲂鱼、白鲟、白脚鲢

形态描述：头大，吻钝圆，口宽，眼位于头侧下半部，眼间距宽。鳃耙特化，彼此联合成多孔的膜质片，有螺旋形的鳃上器。胸鳍末端不达腹鳍基部。腹部狭窄，自腹缘胸鳍至肛门有发达的腹棱，鳞细小。

游鱼篇

鱼戏莲叶南
鱼戏莲叶北

鲂与鲤
餐桌上的年年有余

衡门之下,可以栖迟。泌之洋洋,可以乐饥。
岂其食鱼,必河之鲂?岂其取妻,必齐之姜?
岂其食鱼,必河之鲤?岂其取妻,必宋之子?

——《陈风·衡门》

扫码获取
* 本诗注释
* 动物照片
* 原文朗读

《陈风·衡门》是一首充满哲理意味的诗,明写男女甜蜜欢会,借此发出千古感慨,爱我所爱,行所当行,即使清贫平淡,也从容自得。全诗三章,每章四句。此诗在章法上较独特,先是叙事,再由叙事引发议论。"兴"没有放在诗首,而是放在议论之前,且"鱼"与所兴之事"娶妻"又共同构成旨意相同的议论,使议论充满了形象感,并加深了诗意和趣味。

　　是的,带有衡门的屋子多半情况下都是比较简陋的屋子,但尽管是这样的屋子,仍然可以栖身,可以安家,和金碧辉煌的宫殿实质上都是同一个功能。泌水清澈见底,光滑的河卵石清晰可见。这淡淡的清水也可以解渴,它虽不如琼浆玉液甘甜美味,却可以给沙漠里行走的人带来生命的希望,更可以为饥肠辘辘的人缓解燃眉之急。

　　是的,众多美味中,鱼味尤鲜。神州大地广袤无垠,江河湖海横亘万里,上等佳品的鱼很多。都说黄河的鲂鱼、鲤鱼珍贵,是人间少有的美味。普通人也曾在想象中垂涎过千百回,但真正回到日常,才发现粗茶淡饭最养人。就像齐国的姜姓美女,宋国的子姓美女,秀外慧中,名满天下,是周朝众多男子梦寐以求的对象,但这并不涵盖所有男子娶妻的标准。两情相悦,核心就是一个情字。只要两个人彼此钟情,普通的邻家女子就是最温馨的花朵,青梅竹马的男友就是最可依靠的大树,相爱的心就是最好的房子。

　　在这些议论的文字背后,仿佛看到"月上柳梢头,人约黄昏后",陈国宛丘城郊,一个清秀俊朗的男子坐在河边,等待他心爱的女子。

游鱼篇 鱼戏莲叶南 鱼戏莲叶北

那时初见,他就觉得她有着与众不同的气质。她并不是那种让人过目不忘的美女,单就长相而言,你甚至会觉得她普通,眼睛并不大,但眼神清透、深邃,仿佛一眼就可以看穿你的心事。不说话的时候,她神情中仿佛有种淡淡的忧伤,那或许源自她心底的善良和悲悯,但只要一笑起来,如同春风拂面,仿佛世界上所有的阳光都照耀在她的身上,仿佛她就是爱的源泉和中心,给人间带来光明与抚慰。

朋友笑话他痴迷这样的女子,出身低微,家境一般,怎么比得上齐国的姜姓女子。他却看呆了,日思夜想,辗转反侧。他没想到还能在节日盛会上与她再相见。那一天,他看到她在人群中跳起了舞蹈,并不热烈奔放,也不娇羞妩媚,甚至还有点笨拙。然而,她是在表达内心的律动,"髣髴兮若轻云之蔽月,飘飖兮若流风之回雪",那是月圆月缺般的节奏,那是风霜雨雪的韵味。他想,这样的女子该拿她怎么办呢?

他鼓足勇气走上前去,在旁边笨拙地跟着舞动。她终于也看见了他,笑着和他打招呼。他趁机说出了约会的请求,没想到她竟然答应了。

此后数周,他辗转反侧,期待着再次见面的时刻。终于,等到佳人出现。他拿出一枚玉印赠与她,他知道她不同于别的女子,不喜欢香囊之类的信物,反而羡慕男子有印信。她看到那么晶莹剔透的玉印,刻着"鱼乐"二字,欢喜得羞红了脸。他们依着柳树,和着潺潺的流水声,畅谈着彼此的故事和心事……

"鲂鱼肥美知第一,既饱欢娱亦萧瑟"

鲂鱼是鲤科的鱼类,俗称三角鲂,又称武昌鱼、乌鳊、三角鳊、平胸鳊、法罗鱼等。头小,口小,吻短,口裂倾斜,上下颌约等长,眼较大。体长50厘米以上,侧扁,呈菱形,鳞细,有腹棱。体背部青黑色,腹部银白色,鳞片边缘密集小黑点汇成网眼状黑圈。鳍深灰色,背鳍起点在身体的最高处,鳍条有强大硬刺,尾鳍分叉深,下叶较长。

鲂鱼属淡水中下层鱼类,栖息于底质为淤泥或砾石的敞水区,杂食性,以植物为主。3冬龄性成熟,4~6月份产卵,此时雌雄两性的身上均有珠星出现。冬季不太活动,一般群集在深水的石隙中越冬。成鱼多取食水生植物、淡水克菜和小虾。广泛分布于我国各地的江河、湖泊中,黑龙江、黄河、长江及珠江等水系均有。肉味鲜美,为淡水较贵重经济鱼类之一,可供养殖。现代生物研究发现,鲂鱼有一个神奇的技能:鲂在繁殖的季节,显著的生物特性为尾巴会变红。事实上这是为了吸引异性求交配的生理现象。

《陈风·衡门》中把吃鲂鱼和娶齐国贵族美女为妻相提并论,可见当时鲂鱼在美食中的地位,也可见鲂鱼是一道十分奢侈的美味,只有贵族能够吃到。明医李时珍著的《本草纲目》也说鲂鱼"腹内有肪,味最腴美"。

诗圣杜甫有一首著名的诗《观打鱼歌》:"鲂鱼肥美知第一。"这首诗中打的鱼正是鲂鱼,诗人用诗句,让今天的我们看见了唐代人是如何在江上打捞鲂鱼和制作鲂鱼的,"渔人漾舟沈大网,截江一拥数百鳞",渔人撒开渔网,截住江中数百条鲂鱼,打捞上来的鲂鱼送到等候在一旁的厨师手里,只见"饔子左右挥双刀,脍飞金盘白雪高"。一番熟练的操作之后,一道新鲜的鲂鱼菜端上了杜甫宴请的餐桌,吃一口鱼肉肥美顺滑,诗人忍不住感叹:"鲂鱼肥美知第一,既饱欢娱亦萧瑟。"现打,现卖,现做,现吃,把唐代人如何吃鲂鱼的过程写得活灵活现。

"鲤鱼财三尺,浅水不覆脊"

《陈风·衡门》有诗句"岂其食鱼,必河之鲤?"中的"鲤"指的是黄河大鲤鱼。

鲤鱼又称鲤拐子、红鱼、赤鲤鱼。鲤鱼体背部为灰黑色,腹部银白色或浅灰色,体侧略呈橘黄色。偶鳍淡红色,尾鳍下叶红色。鲤鱼有个"特异功能"就是,身上鳞和鳍的颜色可以随着栖息水体的不同而变异成相近的色系。鲤鱼体高而侧扁。成熟的鲤鱼体长 9~27 厘米。体长为体高的 2.8~3.2 倍,为头长的 3.2~4.1 倍。腹部圆,无腹棱。头中等大。吻圆钝,口端位,呈马蹄形。口角有须 2 对,眼中等大小,处于头部两侧上位。背鳍较长,背鳍、臀鳍均有硬刺,后缘具锯齿。尾鳍叉状,上下叶等长。

鲤鱼生活在淡水中,是下层鱼类。鲤鱼好养活,不挑食,什么都吃,属于杂食性鱼类,仔鱼吃浮游生物,成鱼吃螺、蚬、蚌及昆虫幼虫等底栖动物,也吃水草和藻类。成长 3 年才成熟,怀卵量 20 万 ~30

鲤鱼

万粒，产卵水温18℃左右，产卵期因地点而异。广泛分布于我国各江河湖泊。鲤鱼是良好的养殖对象，在某些地区，稻田中也可养殖此鱼，为我国主要的经济鱼类。我国养鲤已有3000余年的历史，各地已培养了很多品种，如革鲤、丰鲤、镜鲤、红鲤、团鲤等。仅见于我国云南杞麓湖的大头鲤，是我国二级野生保护动物。

黄河鲤鱼最有名。生活在黄河沿岸的人，吃鲤鱼较多。鲤鱼蛋白质含量高，热量低，老少皆宜。烹调前要把鲤鱼体侧的两条白筋去掉，这样可以减少腥味，增加美味。糖醋鲤鱼是最有名的一道菜。

这么美味的黄河大鲤鱼，谁人不向往？

自《诗经》起，鲤鱼就被视为尊贵之物的代表，象征着生活的富足与祥瑞。孔子的儿子出生之时，鲁昭公派人送去一尾鲤鱼以示祝贺，孔子认为这是吉祥的兆头，便给儿子取名为孔鲤。可见，鲤鱼被人们寄予了祈求生活吉祥富裕、多子多福的美好愿望，在春秋时期已然普及。

鲤鱼在传统文化中有着丰富的内涵。大量的传统年画和剪纸作品中，能看到鲤鱼的形象，比如一个大胖小子抱着大鲤鱼，寓意年年有余、多子多福；带福字的双鱼图，则表示夫妻和睦，家庭幸福；鱼戏莲花、鱼配牡丹等图案上的鱼都是鲤鱼，寓意爱情甜蜜、富贵有余。

鲤鱼跃龙门的传说源远流长。相传，禹辟伊阙以后，水流湍急，游弋于黄河中的鲤鱼，顺着伊之水逆行而上，当游到伊阙龙门（今洛阳龙门石窟所在地）时，波浪滔天，纷纷跳跃出水，意欲翻过龙门。

跳过者为龙,跳不过者额头上便留下一道黑疤,所以唐代大诗人李白在《赠崔侍御》诗中写道:"黄河三尺鲤,本在孟津居。点额不成龙,归来伴凡鱼。"

从此,每逢暮春季节,就有无数金色鲤鱼循着黄河逆流而上,聚在禹门下,奋力跳跃,偶有一跃而过者,便化为苍龙,腾飞九天之上。化龙飞升的禹门叫"龙门","一跃龙门,身价百倍"意即如此。

人们用"鲤鱼跃龙门"比喻中举、升官等飞黄腾达之事,也比喻逆流前进、奋发向上、敢于拼搏、勇于筑梦的精神。

鲤鱼传书在诗词曲赋中屡见不鲜,其中最著名的就是汉乐府中的"双鲤传书",语见《饮马长城窟行》:"客从远方来,遗我双鲤鱼。呼儿烹鲤鱼,中有尺素书。长跪读素书,书中竟何如?上言加餐饭,下言长相忆。"最早书信多写在白色帛布上,帛布柔软易被损毁,古人便将书信扎在两片鱼形木简中,称为"鱼传尺素"。"双鲤鱼"指代书信,也被古代文人们雅称为"鲤封"、"鱼函"或"鱼书",既富有内涵,又增加了诗文的美感。

到后世,人们越来越多地赋诗歌咏锦鲤。唐代陆龟蒙《奉酬袭美苦雨四声重寄三十二句·平上声》:"丝禽藏荷香,锦鲤绕岛影。"他还有一首《丹阳道中寄友生》:"锦鲤冲风掷,丝禽掠浪飞。"其描述非常生动鲜活。

陆龟蒙晚年过起了隐居生活。据说,每当寒暑天气舒适,他就乘小船,挂上篷席,带着书卷和茶灶、笔床、钓具,在太湖上,看水天一色,直入空明境界。他自称"江湖散人",曾说自己就是汉代涪翁、屈原笔下的渔父和皇甫谧笔下的江上丈人。

这也是爱我所爱、知足常乐的典型心态,直至逍遥天地间。

宋代苏轼有《水龙吟·小沟东接长江》:"小沟东接长江,柳堤苇岸连云际。烟村潇洒,人闲一哄,渔樵早市。永昼端居,寸阴虚度,了成何事。但丝莼玉藕,珠粳锦鲤,相留恋,又经岁。"

苏轼这首词写于公元 1082 年,这是苏轼被贬黄州的第三个年头,当时的苏轼正处于四十不惑的年纪,内心丰富旷达,同时也有一点点的纠结。他感慨光阴虚度,没有取得什么大的事业成就,反而仕途越走越窄。但他同时又享受当下的生活。

或许每个人终其一生都在寻找,比较,徘徊,那些功名利禄,华衣美食,人人都向往之,都渴望得之,但最终人们会明白,弱水三千,只取一瓢饮的道理,选择适合自己的才是最好的。

选择爱人如此,事业、生活莫不如此。

读一读汉乐府《枯鱼过河泣》中的"作书与鲂鱮,相教慎出入",更加懂得有所为有所不为;品一品清朝名将左宗棠的对联"百丈清潭数鲂鲤,十年树木长烽烟",懂得了人既要耐心成长,还要珍惜眼前的事物;然后,大声朗诵毛泽东同志在《水调歌头·游泳》中的名句"才饮长沙水,又食武昌鱼。万里长江横渡,极目楚天舒",感受对生活、事业和未来的万丈豪情!

鲂

Megalobrama skolkovii

目、科、属：鲤形目鲤科鲂属

俗名：三角鳊、武昌鱼

形态描述：体高，侧扁，呈菱形，头小。上下颌角质发达。背腹棱自腹鳍至肛门。尾柄长与高相等。鳔3室，前室最大，鳍硬刺较长，长度大于头长。

游鱼篇
鱼戏莲叶南
鱼戏莲叶北

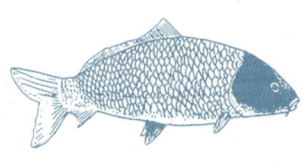

鲤

Cyprinus carpio

目、科、属：鲤形目鲤科鲤属

俗名：鲤拐子、红鱼、赤鲤鱼

形态描述：体长9~27厘米。体高而侧扁，腹部圆。须2对，后对较长。头较小。口端位或亚下位，马蹄形。咽齿呈臼齿状。背鳍基底长，起点略前于腹鳍，硬刺后缘亦具锯齿，且后缘具锯齿；臀鳍短，硬刺后缘亦具锯齿；尾鳍叉形。鳔2室。腹膜白色。体背灰黑或黄褐色，体侧带金黄色。腹部灰白色。背鳍和尾鳍基部微黑，尾鳍下叶红色；偶鳍和臀鳍淡红色。

223

鲿与鲤
美酒佳肴,礼乐和同

鱼丽于罶,鲿鲨。君子有酒,旨且多。
鱼丽于罶,鲂鳢。君子有酒,多且旨。
鱼丽于罶,鰋鲤。君子有酒,旨且有。
物其多矣,惟其嘉矣!
物其旨矣,惟其偕矣!
物其有矣,惟其时矣!

——《小雅·鱼丽》

游鱼篇
鱼戏莲叶南
鱼戏莲叶北

《小雅·鱼丽》是一首周代燕飨宾客通用的乐歌。诗中盛赞宴享时酒肴的甘甜和丰盛，通过这些来展现丰年的境况，主人的待客殷勤，表现出宾客共同欢乐的场景。全诗共有六节，前三节每节四句，都是通过"鱼丽"来起兴，以"四二四三"的参差句式，一咏三叹，赞鱼的品类众多，赞主人准备美酒佳肴之丰盛；诗的后三节点明主题，渲染气氛，重音落在"嘉""偕""时"这些字词上，句末通过"矣"字延长咏叹时间，放慢节奏，让人充分感受宴席上宾主尽欢的盛况，感受当时富裕祥和的景象。

在南宋画家马和之绘的《小雅·鹿鸣之什》图卷中，第十卷为《鱼丽》。马和之抓住诗中的某一个细节，画了一个捕鱼的场景：江中有两人划着小舟，肩上扛着捕获的鱼满载而归，岸上有两人正在谈论。图卷笔法飘逸高古，画面浅显易懂，古朴自然。此段意在表现政权安定后百姓生活的富足安乐，但含有对君主仍要"始于忧勤，终于逸乐"的劝诫之意。

我们可以想象：主人知道有贵客要来，一大早，薄雾还未散去，就和仆从来到江边，把竹篓形捕鱼器，提前放置在鱼梁（河中截流以捕鱼的堤坝）开口的水流处。没想到，不一会儿，就有两条鱼进了竹篓，一条是鲿鱼，即大大的黄颡鱼；一条是鲨鱼，即小小的刺鳅虎鱼。仆人十分高兴地高声对主人喊："鲿鲨。"又过了一会儿，又有两条鱼进了笼子，一条是鲂鱼，即身体扁扁的武昌鱼；一条是鳢鱼，即肉质紧实的黑鱼。仆人更高兴了，哼着曲儿对主人喊："鲂鳢。"又过了一会儿，收获了不易捕捉的鲇鱼和红红的大鲤鱼，仆人开心地摇头晃脑对主人喊："鳏鲤。"

太阳已经逐渐升高，又是风和日丽的一天，主仆驾一叶小舟满载而归。家中，一坛坛美酒已经备好，大多是冬酿夏成的清酒，清厚香醇。大厨们看到这么多新鲜的鱼，迅速穿好围裙，准备精心烹制。他们先把鱼放进镬中，煮熟后，捞出盛进鼎内再加调味，很快，鱼肉的香味飘满了整个院落。

盛宴开始了，宾客们聚集在华美的厅堂里，宴席上的时令鲜鱼和蔬果，令人垂涎。宴乐奏响，主人开始行酒礼，远道而来的客人回礼，礼毕，主客畅叙友情，觥筹交错，高谈阔论，欢声笑语不断。

由这首诗，想到《诗经》中的燕飨诗，想到我国的礼乐文化。《礼记·乐记》中说："乐者为同，礼者为异。同则相亲，异则相敬。乐胜则流，礼胜则离。合情饰貌者，礼乐之事也。礼义立，则贵贱等矣；乐文同，则上下和矣。"

"大乐与天地同和，大礼与天地同节。"礼乐的实质是相通的，它们与天地自然秩序具有同一关系，人间礼乐的存在符合人类精神文明发展的规律。孔子十分重视礼乐之教，"兴于诗，立于礼，成于乐"。

飨礼是周天子在太庙举行的一种象征性宴会，《小雅·鹿鸣》描写了周王大宴群臣的盛况；《小雅·彤弓》写周王宴飨，赏赐有功的诸侯；《小雅·桑扈》写周王宴飨诸侯时对他们的赞美及劝诫；《小雅·鱼藻》写周王宴飨诸侯时，诸侯对周王的赞美。

游鱼篇

鱼戏莲叶南
鱼戏莲叶北

燕礼是古代天子诸侯与群臣宴饮之礼。主宾献酒行礼后便可开怀畅饮,至醉方休。《小雅·南有嘉鱼》写诸侯设宴款待嘉宾;《小雅·宾之初筵》写贵族宴饮的全过程;《小雅·湛露》写同姓王侯贵族夜宴祝颂;《小雅·鱼丽》写领主贵族宴席上美酒佳肴的丰盛;《小雅·楚茨》和《周颂·丝衣》描写祭祀之后的宴饮;《小雅·六月》写王师凯旋后的宴饮;《小雅·吉日》写会猎后的宴饮。

这类诗真实展现了燕礼活动的场面,表现出和谐融洽、欢乐热烈的氛围,形成一种独特的风格,具有历史价值和审美价值。

周人认为酒是上天的恩赐,最初用于祭祀行礼,后来为了表示对宾客的敬重,才用来接待宾客。不过最初招待宾客用酒,并不是像现在待客时,让客人喝下去,而是嗅一嗅。这种敬献方式效法以酒敬神的结果。后来逐渐改为"啐""饮至齿不入口曰啐"。

关于饮酒礼,古人合称之为"三爵之礼",以献、酢、酬称为"一献之礼"。这是燕礼中必经的程序。

由此,可以想见《小雅·鱼丽》中,"君子有酒"行的是宴席上的行酒礼仪。

"鱼丽于罶,鲿鲨"

文化的酒需要文化的鱼儿来相配。你看,《小雅·鱼丽》中说到"鱼丽于罶,鲿鲨",其中鲿,即今之黄颡鱼。陆玑《毛诗草木鸟兽虫鱼疏》:"鲿,一名扬,今黄颊鱼。似燕头,鱼身,形厚而长大,骨正黄,鱼之大而有力解飞者,今江东呼黄鲿鱼,一名黄颊鱼。尾微黄,大者长尺七八寸许。"

黄颡鱼是鲇形目鲿科黄颡鱼属的鱼类动物。它的头略大而纵扁,头背大部裸露。吻部背视钝圆。口裂大。眼小。鼻须位于后鼻孔前缘,伸达或超过眼后缘。鳃孔大,向前伸至眼中部垂直下方腹面。背鳍较小,具骨质硬刺,前缘光滑;脂鳍短,基部位于背鳍基后端至尾鳍基中央偏前;臀鳍基底长,起点位于脂鳍起点垂直下方之前;胸鳍侧下位,骨质硬刺前缘锯齿细小而多;腹鳍短,末端伸达臀鳍;尾鳍深分叉,末端圆。活体背部黑褐色,至腹部渐浅黄色。沿侧线上下各有一狭窄的黄色纵带,约在腹鳍与臀鳍上方各有一黄色横带,交错形成断续的暗色纵斑块。尾鳍两叶中部各有一暗色纵条纹。

黄颡鱼多栖息于缓流多水草的湖周边浅水区和入湖河流处,以底栖(水体底层)为生活方式,尤其喜欢生活在静水或缓流的浅滩处。杂食性,自然条件下以动物性饲料为主,鱼苗阶段以浮游动物为食,成鱼则以昆虫及其幼虫、小鱼虾、螺蚌等为食,也吞食植物碎屑。

黄颡鱼属温水性鱼类,生存温度为6~38℃,最适宜生长温度为25~28℃。黄颡鱼为一年一次性产卵型鱼类,在自然条件下有集群繁殖习性。繁殖季节在5月中旬至7月中旬。在我国分布于珠江、闽江、湘江、长江、黄河、海河、松花江及黑龙江等水系。

目前,中国农业农村部已将黄颡鱼列为《国家重点保护经济水生动植物资源名录》(第一批)。

鳠在古代还有一个别称"黄颊鱼"，应该是数量很多的一种鱼，从古诗中可以窥见端倪。唐代王绩有诗《黄颊山》："别有青溪道，斜亘碧岩隈。"据说黄颊山正因为盛产黄颊鱼而命名。以鱼名命名的山名，野趣横生。元代张翥有诗《浮山道中》："一溪春水浮黄颊，满树喧风叫画眉。"想象那画面，黄颊鱼在春水中自在悠游，和煦的风吹动树叶，听着画眉鸟的叫声，何等惬意！

"蛟龙兮导引，文鱼兮上濑"

《小雅·鱼丽》中所提到的鱼类众多，其中鳢指的是乌鳢，就是我们熟悉的黑鱼。

乌鳢是鲈形目鳢科鳢属的鱼类，又称黑鱼、乌棒、才鱼、蠡鱼、黑鳢、玄鳢、鲖鳢、文鱼等。体长50厘米以上，前部成圆棒状，后部侧扁。头长而大，前部扁平，顶部平，被鳞片。口大牙尖，体黑，背部较暗，腹部较浅。体侧有暗色花斑，头侧有条纵行的黑色条纹。背鳍、臀鳍、尾鳍上有黑白相间的花纹；胸鳍、腹鳍淡黄色，胸鳍基部有1个黑斑；背鳍、臀鳍基部均较长，达尾鳍基部；尾鳍圆形；胸鳍扁圆形，末端约达腹鳍中部稍后。

乌鳢，栖息在红河、湖泊、沼池等水不流畅而浑浊的水底泥层。口腔内具有辅助呼吸器，常吞吸空气，能适应缺氧环境。它们是一种性格凶猛的鱼类。常潜伏在水草丛中，伺机袭捕食物，主食鱼虾、蝌蚪、昆虫等。

乌鳢生长较快，肉质鲜美，含脂量少，蛋白质丰富，极适合患高血压肥胖症者食用，且便于运输，是一种很好的经济鱼类，在中国是一种常见的食用鱼。

《本草纲目》卷四十四有"鳢鱼"条，记载："（释名）蠡鱼（《本经》）、黑鳢（《图经》）、玄鳢（《埤雅》）、乌鳢（《纲目》）、鲖鱼（音同，《本经》）、文鱼。时珍曰：'鳢首有七星，夜朝北斗，有自然之礼，故谓之鳢。又与蛇通气，色黑，北方之鱼也，故有玄、黑诸名。俗呼火柴头鱼，即此也。其小者名鲖鱼。苏颂《图经》引《毛诗》诸注，谓鳢即鲩鱼者，误矣。今直削去，不烦辩证。'"

所谓真味必鳢。两汉王褒作楚辞《九怀》·"蛟龙兮导引，文鱼兮上濑。"文鱼就是乌鳢。在急速的水流中，乌鳢似插上了飞翔的翅膀，腾空而起。宋代释文珦有《食荠》诗云："此中有真味，岂必鲙鲂鳢。"意思是，吃荠菜也挺好的，不一定要吃肥美珍贵的鲙鱼、鲂鱼、乌鳢。这不免带有诗人主观的"阿Q精神"。话虽如此，人们仍然想品一品乌鳢的滋味。清代洪繻在《食乌鱼五十二韵》诗中说："乌头馋客啖，鱼尾酒人尝。"用一个"馋"字就告诉大家，瞧瞧乌鳢是多么好吃！

"子非鱼，安知鱼之乐？"

庄子面对自然，应物会心，移情于鱼，人与自然和谐统一，自由快乐。千载之后，愿我们也能在经典诗句里感受到《小雅·鱼丽》中洋溢的欢喜和生机。

游鱼篇
鱼戏莲叶南
鱼戏莲叶北

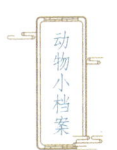
动物小档案

黄颡鱼

Pelteobagrus fulvidraco

目、科、属：鲇形目鲿科黄颡鱼属

俗名：黄鲿鱼、鲿、黄辣丁、黄颊鱼等

形态描述：体长30厘米左右。体背部黑褐色或黄褐色，腹部浅黄色，各鳍灰黑色，尾鳍上有黑色纵纹。背缘隆起，腹部平圆，体后半部渐侧扁。头大扁平，吻短，口裂大，下位。眼小，鼻孔2对，须4对。体光滑无鳞，侧线完全。背鳍具硬刺，腹鳍起点约与臀鳍相对，胸鳍略呈扇形，硬刺发达，且前后缘均有锯齿，尾鳍深叉形。

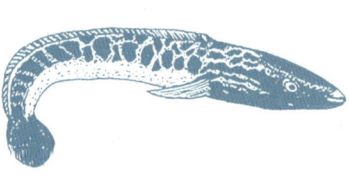

乌鳢

Channa orgus

目、科、属：鲈形目鳢科鳢属

俗名：黑鱼、乌棒、乌鱼、才鱼、文鱼

形态描述：体长50厘米以上，前部成圆棒状，后部侧扁。头长而大，前部扁平，顶部平，被鳞片。口大牙尖，体黑，背部较暗，腹部较浅。体侧有暗色花斑，头侧有条纵行的黑色条纹。背鳍、臀鳍、尾鳍上有黑白相间的花纹；胸鳍、腹鳍淡黄色。胸鳍基部有一个黑斑；背鳍、臀鳍基部均较长，达尾鳍基部；尾鳍圆形，胸鳍圆扇形，末端约达腹鳍中部稍后

后记

寻找《诗经》中的动物

马的别称
动物种类
扫码获取

　　《诗经》中存在着一个动物的王国，我们有必要回到这古老的国度里，去寻找那些如今不知其名、不识其物的动物。

　　"关关雎鸠，在河之洲"（《周南·关雎》），和鸣求偶的雎鸠引发了青年小伙子对爱情的深深渴望。雎鸠和鸳鸯成为传统文化中的爱情鸟。"领如蝤蛴""螓首蛾眉"（《魏风·硕人》），用形象的比喻描写美人美丽的颈项、宽宽的额头和长长的弯眉。"春日载阳，有鸣仓庚""七月鸣鵙，八月载绩"（《豳风·七月》），是以鸟儿的鸣叫表现时令的变化，随时令变化描写人们的劳作。"硕鼠硕鼠，无食我黍"（《魏风·硕鼠》）将剥削者比作大老鼠，痛斥他们贪婪地吸取民脂民膏，丝毫不顾百姓死活。"去其螟螣，及其蟊贼，无害我田稚"（《小雅·大田》），是对灭除田间害虫情景的描述。"维鹊有巢，维鸠居之"（《召南·鹊巢》）记述了先民发现的动物生态，成为动物行为学的先声。"鱼网之设，鸿则离之。燕婉之求，得此戚施"

（《邶风·新台》），诗中的"戚施"是指蟾蜍，即癞蛤蟆。把卫宣公比作癞蛤蟆，其讽刺手法巧妙而辛辣，癞蛤蟆已成为孬人的象征。"有豕白蹢，烝涉波矣"（《小雅·渐渐之石》），以野猪涉水的物象特征预示天将下大雨，征夫行军倍加艰苦。如果我们不认识诗中的动物，又怎么能很好地去理解诗意呢？当你读到"喓喓草虫，趯趯阜螽"时，不知道草虫和阜螽是什么动物，就不知道是什么东西在鸣叫，什么东西在蹦蹦跳跳。

孔子在赞扬"诗三百"时曾说：读诗可以"多识鸟兽草木之名"（《论语·阳货》）。封建时代的文人，虽学文也兼识草木鸟兽，不识者视为一耻。当今我国倡导文理渗透、学科交叉是一件大有裨益的事情。

随着时代的变迁，动物名称发生了嬗变，给我们认识这些动物造成了困难。

《诗经》中的动物种类

作者考证了《诗经》中的动物，于2005年9月在中华书局出版了《诗经动物释诂》一书。这项研究是从正名开始的。它的创新之处体现在复活动物古汉名上，开创了《诗经》名物研究的新视野。作者应用现代动物分类学和训诂学相结合的方法考证了《诗经》中的112种动物（不包括3种传说中的动物：龙、凤、虺），其中有哺乳类27种，鸟类42种，爬行类5种，两栖类1种，鱼类15种，昆虫类22种。这项工作传承古今，沟通中外（动物古汉名、现代汉名、拉丁名三者沟通）。作者给每种动物加注了拉丁名，有助于我国的古代文化走向世界，在拯救古文化方面有其独特的价值。

较难考证的几种动物

雎鸠 《周南·关雎》第一章:"关关雎鸠,在河之洲。窈窕淑女,君子好逑。""雎鸠是水鸟",语文老师都这么讲,但具体是何种鸟,现在还是否存在,多数人说不清楚。据查西汉毛亨的《毛诗故训传》:"雎鸠,王雎也。"《尔雅》:"雎鸠,王雎。"郭璞注:"雕类,今江东呼之为鹗,好在江渚山边食鱼。"《本草纲目》卷四十九"鹗"记载:"鹗,雕类也。似鹰而土黄色,深目好峙。雄雌相得,挚而有别,交则双翔,别则异处。能翱翔水上捕鱼食,江表人呼为食鱼鹰,亦啖蛇。诗云:'关关雎鸠,在河之洲。'即此。其肉腥恶,不可食。陆玑以为鹫,扬雄以为白鹇,黄氏以为杜鹃,皆误矣。"

因此,雎鸠以鹗 *Pandion haliaetus* 释之。鹗又称鱼鹰,但不是渔翁驯养的鱼鹰(鸬鹚 *Phalacrocorax carbo*)。鹗在我国原来分布较广,近几十年,有些地方(如云南)已经消失,其他地方的种群数量也在减少。现已被列入《国家重点保护野生动物名录》,属国家二级重点保护动物。

晨风 《秦风·晨风》第一章:"鴥彼晨风,郁彼北林。未见君子,忧心钦钦。如何如何?忘我实多。"晨风有人认为是风,不是动物。《毛诗故训传》:"晨风,鹯也。"《本草纲目》卷四十九"鸷"条下言及鹯:"鹯,色青,向风展翅迅摇,搏捕鸟雀,鸣则大风,一名晨风。"因此可知,古人把晨风又称鹯,根据古文献记述的色青、燕颔钩喙、向风展翅迅摇、搏捕鸟雀等特征,晨风即今之燕隼 *Falco subbuteo*。燕隼有两个亚种,我国都有分布,但种群数量不高,目前已列入《国家重点保护野生动物名录》,属于国家二级重点保护动物。

麟 《周南·麟之趾》第一章:"麟之趾,振振公子。于嗟麟兮!"麒麟是中华民族心中的仁兽,这是赞美公侯贵族子孙的诗。该诗以"麟之趾"代指麟,以其比喻仁厚的公子,并发出赞美的感叹。此麟是传说中的麒麟。《毛诗故训传》记载:"麟,瑞兽也。"陆玑《毛诗草木鸟兽虫鱼疏》:"麟,麇身,牛尾,马足,黄色,圆蹄,一角,角端有肉。音中钟吕,行中规矩,游必择地,祥而后处,不履生虫,不践生草,不群居,不侣行,不入陷阱,不罹罗网,王者至仁则出。今并州界有麟,大小如鹿,非瑞麟也。故司马相如赋曰:'射麇脚麟,谓此麟也'。"麒麟代表着不确定的几种哺乳动物,与鹿、犀牛最近似。据学者阎德法所著《长颈鹿和麒麟》中认为,长颈鹿即麒麟。他认为我国古文献中关于长颈鹿的记载最初见于南宋初李石的《续博物志》,谓"拨拔力国(即索马里的柏培拉)有异兽,名驼牛。"此后赵汝适的《诸蕃志》中记有"徂蜡""状如骆驼而大如牛,色黄,前脚高五尺,后低三尺,头高向上,皮厚一寸"。徂蜡是阿拉伯语 Girafa(长颈鹿)的译音。活的长颈鹿在明永乐时才输入我国,这是郑和远航的一项收获,但在郑和的随员巩珍写的《西洋番国志》和马欢写的《瀛涯胜览》中,都把长颈鹿叫作"麒麟"。据郑和等在江苏娄东刘家港天妃宫所刻《通番事迹碑》和在福建长乐南山寺所刻《天妃之神灵应记》二文,都有"永乐十五年统领舟师往西域……阿丹国进麒麟,番名祖剌法,拜长角马哈兽"的记载,用长颈鹿当作麒麟,在明代已得到官方的正式确认。

桃虫 《周颂·小毖》:"予其惩,而毖后患。莫予荓蜂,自求辛螫。肇允彼桃虫,拚飞维鸟。未堪家多难,予又集于蓼。"有人认为桃虫是虫,只是望文生义。据查《毛诗故训传》记载:"桃虫,鹪也,鸟之始小,终大者。"陆玑《毛诗草木鸟兽虫鱼疏》记载:"桃虫,今鹪鹩是也。微小于黄雀,其雏化而为雕。故俗语曰:'鹪鹩生雕。'"桃虫,即今之鹪鹩 *Troglodytes troglodytes*。旧说"鹪鹩之雏,化而为雕""鹪鹩生雕",皆不可信。鹪鹩是一种小鸟,常单独在林下和灌丛间活动,活泼而胆怯,动作敏捷,尾常垂直上翘,繁殖期常成双飞跃或成家族活动。在我国分布广。种群数量较丰富,吃蚊、蝗虫、蚂蚁等多种昆虫的幼虫以及蜘蛛等,也吃少量浆果,是一种有益的森林鸟类。

同名动物的梳分

螽斯　在《诗经》中出现过《周南·螽斯》:"螽斯羽,诜诜兮。宜尔子孙,振振兮。"在《豳风·七月》:"五月斯螽动股,六月莎鸡振羽。"这里的螽斯和斯螽指的是一种动物。它们是异名同物,古代将螽斯和蝗虫都归属于螽类,如李时珍在《本草纲目》卷四十一中说:"蝗亦螽类。"鉴于螽斯可振翅作声,应是现在螽斯科的昆虫,种类很多,在《诗经》中异名同物很少,但同名异物的情况较多。根据诗中环境、动物的表征,再参考古人的注释,可以进行梳分,加以区别。

黄鸟　《周南·葛覃》:"葛之覃兮,施于中谷,维叶萋萋。黄鸟于飞,集于灌木,其鸣喈喈。"郝懿行《尔雅义疏》记载:"按此即今之黄雀,其形如雀而黄,故名黄鸟,又名抟黍,非黄离留也。"《诗经》中的黄鸟,或指黄鹂(黄莺),或指黄雀。《周南·葛覃》篇中的"黄鸟",郝氏《尔雅义疏》以黄雀 *Carduelis spinus* 释之为准。黄雀有集群、迁徙的习性,诗中有"黄鸟于飞,集于灌木"之句,正是其集群习性的写照。

《邶风·凯风》:"睍睆黄鸟,载好其音。有子七人,莫慰母心。"陆玑《毛诗草木鸟兽虫鱼疏》:"黄鸟,黄鹂留也。或谓之黄栗留。幽州人谓之黄莺。一名仓庚,一名商庚,一名鵹黄,一名楚雀。齐人谓之抟黍,关西谓之黄鸟。当葚熟时,来在桑间。故里语曰:'黄栗留,看我麦黄桑葚熟。'是应节趋时之鸟也,或谓之黄袍。"朱熹《诗集传》:"黄鸟,鹂也。"又:"仓庚,黄鹂也。"这里的黄鸟指的是黄鹂 *Oriolus Chinensis*。

羊　《召南·羔羊》："羔羊之支，素丝五绽。"我国家羊畜养的时间，是龙山文化时期（距今四千多年）。《诗经》产生的时代，养羊已很普遍。诗中的羊是泛指，据《动物学大辞典》："寻常所称曰羊者，大概专指山羊而言。"故《召南·羔羊》中的"羊"以山羊 *Capra hircus* 释之。

《小雅·苕之华》："牂羊坟首。三星在罶。"《毛诗故训传》："牂羊，牝羊也。"牝羊即母绵羊。家羊有山羊和绵羊之分，《诗经》中的羊，仅《小雅·苕之华》中的"牂羊"可确认是母绵羊 *Ovis anes*。单言"羊"者，以山羊释之。

豕　《小雅·渐渐之石》："有豕白蹢，烝涉波矣。"豕即猪。猪有野猪和家猪。此处的"豕"是武人东征途中在山野间所见，故以野猪 *Sus scrofa* 释之。《大雅·公刘》："执豕于牢，酌之用匏。"诗中的"执豕于牢"的"牢"指养猪的栏圈，可见此篇中的"豕"是指圈养的家猪。

《诗经》中还涉及龙、凤、蜮等传说中的动物。龙是我们中华民族崇拜的对象和精神的象征，神话中它是一种善变、能布云雨、利万物的神异动物，是吉祥的化身，是不可战胜的人类保护神。凤是传说中的神灵之鸟、祥瑞之鸟，翱翔四海之外，安内外和平，在人们心目中是至善至美、至德至纯的崇高形象。蜮是一种传说中长着三只脚，在水中口含沙粒射人，使人致病的动物，也是害人虫的代名词。陆佃《埤雅》一书中说："《诗经》曰：'为鬼为蜮，则不可得。'言无形，而蜮性阴害，射人之影，则莫可究矣。"

附录

诗经·动物对照表

篇目名	诗句	植物名
《周南·卷耳》	陟彼崔嵬，我马虺隤	马
《王风·君子于役》	日之夕矣，羊牛下来	黄牛
《鄘风·君子偕老》	象之揥也，扬且之皙也	亚洲象
《周南·卷耳》	我姑酌彼兕觥，维以不永伤	印度犀牛
《周南·麟之趾》	麟之趾，振振公子，于嗟麟兮	长颈鹿
《魏风·硕鼠》	硕鼠硕鼠，无食我麦	大仓鼠
《召南·行露》	谁谓鼠无牙？何以穿我墉	褐家鼠
《召南·野有死麕》	野有死麕，白茅包之	獐
《召南·野有死麕》	林有朴樕，野有死鹿	梅花鹿
《鄘风·干旄》	孑孑干旄，在浚之郊	牦牛
《魏风·伐檀》	胡瞻尔庭有县狟兮	貉
《小雅·角弓》	毋教猱升木，如涂涂附	川金丝猴
《周南·兔罝》	肃肃兔罝，椓之丁丁	草兔
《邶风·旄丘》	狐裘蒙戎，匪车不东	狐狸
《小雅·巷伯》	取彼谮人，投畀豺虎	豺
《齐风·还》	并驱从两狼兮，揖我谓我臧兮	狼
《邶风·简兮》	有力如虎，执辔如组	东北虎
《郑风·羔裘》	羔裘豹饰，孔武有力	金钱豹

《召南·野有死麇》	无感我帨兮，无使尨也吠	狗
《豳风·七月》	取彼狐狸，为公子裘	豹猫
《大雅·韩奕》	有熊有罴，有猫有虎	野猫
《召南·羔羊》	羔羊之皮，素丝五紽	山羊
《小雅·苕之华》	牂羊坟首，三星在罶	绵羊
《小雅·渐渐之石》	有豕白蹢，烝涉波矣	野猪
《大雅·公刘》	执豕于牢，酌之用匏	家猪
《小雅·斯干》	维熊维罴，男子之祥	狗熊、棕熊
《周南·关雎》	关关雎鸠，在河之洲	鹗
《邶风·燕燕》	燕燕于飞，差池其羽	家燕
《邶风·凯风》	睍睆黄鸟，载好其音	黑枕黄鹂
《周南·葛覃》	黄鸟于飞，集于灌木	黄雀
《邶风·旄丘》	琐兮尾兮，流离之子	长尾林鸮
《鄘风·鹑之奔奔》	鹑之奔奔，鹊之彊彊	鹌鹑
《召南·鹊巢》	维鹊有巢，维鸠居之	红脚隼
《卫风·氓》	于嗟鸠兮，无食桑葚	山斑鸠
《曹风·鸤鸠》	鸤鸠在桑，其子七兮	大杜鹃
《小雅·四牡》	翩翩者鵻，载飞载下，集于苞栩	火斑鸠
《邶风·新台》	鱼网之设，鸿则离之	鸿雁
《邶风·匏有苦叶》	雍雍鸣雁，旭日始旦	豆雁
《邶风·雄雉》	雄雉于飞，泄泄其羽	雉鸡
《小雅·蓼萧》	和鸾雍雍，万福攸同	绿尾虹雉

《小雅·车舝》	依彼平林，有集维鷮	白冠长尾雉
《大雅·常武》	王旅啴啴，如飞如翰	红腹锦鸡
《召南·鹊巢》	维鹊有巢，维鸠居之	喜鹊
《召南·行露》	谁谓雀无角！何以穿我屋	麻雀
《小雅·鸳鸯》	鸳鸯于飞，毕之罗之	鸳鸯
《唐风·鸨羽》	肃肃鸨羽，集于苞栩	大鸨
《周颂·载见》	鞗革有鸧，休有烈光	灰头麦鸡
《陈风·宛丘》	无冬无夏，值其鹭羽	白鹭
《曹风·候人》	维鹈在梁，不濡其翼	鹈鹕
《秦风·晨风》	鴥彼晨风，郁彼北林	燕隼
《豳风·七月》	七月鸣鵙，八月载绩	伯劳
《小雅·鹤鸣》	鹤鸣于九皋，声闻于野	丹顶鹤
《豳风·东山》	鹳鸣于垤，妇叹于室	白鹳
《小雅·白华》	有鹙在梁，有鹤在林	大秃鹙
《小雅·采芑》	鴥彼飞隼，其飞戾天	游隼
《小雅·四月》	匪鹑匪鸢，翰飞戾天	金雕
《小雅·四月》	匪鹑匪鸢，翰飞戾天	老鹰
《大雅·大明》	维师尚父，时维鹰扬	苍鹰
《小雅·小宛》	交交桑扈，率场啄粟	蜡嘴雀
《大雅·凫鹥》	凫鹥在泾，公尸来燕来宁	红嘴鸥
《豳风·鸱鸮》	鸱鸮鸱鸮，既取我子	斑头鸺鹠
《大雅·瞻卬》	懿厥哲妇，为枭为鸱	普通角鸮

《王风·君子于役》	鸡栖于埘,日之夕矣,羊牛下来	家鸡
《郑风·女曰鸡鸣》	将翱将翔,弋凫与雁	绿头鸭
《小雅·常棣》	脊令在原,兄弟急难	白鹡鸰
《周颂·小毖》	肇允彼桃虫,拚飞维鸟	鹪鹩
《邶风·北风》	莫赤匪狐,莫黑匪乌	大嘴乌鸦
《小雅·小弁》	弁彼鸒斯,归飞提提	寒鸦
《小雅·正月》	哀今之人,胡为虺蜴	石龙子
《大雅·灵台》	鼍鼓逢逢,矇瞍奏公	扬子鳄
《小雅·斯干》	维虺维蛇,女子之祥	蝮蛇
《小雅·小旻》	我龟既厌,不我告犹	蠵龟
《小雅·六月》	饮御诸友,炰鳖脍鲤	中华鳖
《邶风·新台》	燕婉之求,得此戚施	大蟾蜍
《卫风·硕人》	鳣鲔发发,葭菼揭揭	鳇鱼
《卫风·硕人》	鳣鲔发发,葭菼揭揭	中华鲟
《齐风·敝笱》	敝笱在梁,其鱼鲂鳏	鳡鱼
《齐风·敝笱》	敝笱在梁,其鱼鲂鱮	鲢鱼
《陈风·衡门》	岂其食鱼,必河之鲂	鲂鱼
《陈风·衡门》	岂其食鱼,必河之鲤	鲤鱼
《小雅·鱼丽》	鱼丽于罶,鲂鳢	乌鳢
《小雅·鱼丽》	鱼丽于罶,鰋鲤	鲇鱼
《豳风·九罭》	九罭之鱼,鳟鲂	赤眼鳟
《小雅·南有嘉鱼》	南有嘉鱼,烝然罩罩	卷口鱼

《周颂·潜》	有鳣有鲔,鲦鲿鰋鲤	白鲦
《大雅·行苇》	黄耇台背,以引以翼	弓斑东方鲀
《小雅·采薇》	四牡翼翼,象弭鱼服	白斑星鲨
《小雅·鱼丽》	鱼丽于罶,鲿鲨	黄颡鱼
《小雅·鱼丽》	鱼丽于罶,鲿鲨	刺鰕虎鱼
《卫风·硕人》	领如蝤蛴,齿如瓠犀	星天牛
《召南·草虫》	喓喓草虫,趯趯阜螽	鼻优草螽
《豳风·七月》	蚕月条桑,取彼斧斨	桑蚕
《豳风·东山》	蜎蜎者蠋,烝在桑野	野桑蚕
《豳风·东山》	伊威在室,蟏蛸在户	前齿蟏蛸
《豳风·东山》	町畽鹿场,熠耀宵行	萤火虫
《卫风·硕人》	螓首蛾眉,巧笑倩兮,美目盼兮	宽头宁蝉
《豳风·七月》	四月秀葽,五月鸣蜩	蚱蝉
《小雅·小宛》	螟蛉有子,蜾蠃负之	桑螟
《小雅·小宛》	螟蛉有子,蜾蠃负之	蜾蠃蜂
《小雅·都人士》	彼君子女,卷发如虿	蝎
《周颂·小毖》	莫予荓蜂,自求辛螫	大黄蜂
《唐风·蟋蟀》	蟋蟀在堂,岁聿其莫	中华蟋蟀
《周南·螽斯》	螽斯羽,诜诜兮	日本绿螽
《召南·草虫》	喓喓草虫,趯趯阜螽	中华稻蝗
《豳风·七月》	五月斯螽动股,六月莎鸡振羽	纺织娘
《曹风·蜉蝣》	蜉蝣之羽,衣裳楚楚	条纹蜉

《小雅·大田》	不稂不莠，去其螟螣	粟灰螟
《小雅·大田》	及其蟊贼，无害我田稚	华北蝼蛄
《豳风·东山》	伊威在室，蟏蛸在户	粗糙鼠妇
《齐风·鸡鸣》	匪鸡则鸣，苍蝇之声	舍蝇
《小雅·青蝇》	营营青蝇，止于樊	大头金蝇